Molière

Les Femmes savantes

Dossier et notes réalisés par
Étienne Leterrier

Lecture d'image par
Dominique Moncond'huy

Agrégé de lettres modernes, **Étienne Leterrier** est doctorant contractuel à l'université Paris IV-Sorbonne. Il est également membre de la rédaction du mensuel de critique et d'information littéraire *Le Matricule des Anges*, où il anime notamment la rubrique des parutions théâtrales.

Dominique Moncond'huy est professeur à l'université de Poitiers, où il enseigne la littérature française et l'analyse d'image. Aux Éditions Gallimard, il a notamment réalisé et commenté les anthologies *Pratiques oulipiennes* (La bibliothèque Gallimard, 2004) et *Le Sonnet* (Folioplus classiques, 2005) ; il est aussi l'un des co-auteurs (avec Alain Jaubert, Valérie Lagier et Henri Scépi) de *L'Art pris au mot* (2007).

Sommaire

Les Femmes savantes

Comédie

ACTEURS

CHRYSALE, *bon bourgeois.*
PHILAMINTE, *femme de Chrysale.*
ARMANDE, HENRIETTE, *filles de Chrysale et de Philaminte.*
ARISTE, *frère de Chrysale.*
BÉLISE, *sœur de Chrysale.*
CLITANDRE, *amant d'Henriette.*
TRISSOTIN, *bel esprit.*
VADIUS, *savant.*
MARTINE, *servante de cuisine.*
L'ÉPINE, *laquais.*
JULIEN, *valet de Vadius.*
LE NOTAIRE.

La scène est à Paris.

Acte I

Scène I

ARMANDE, HENRIETTE

ARMANDE

Quoi ? le beau nom de fille[1] est un titre, ma sœur,
Dont vous voulez quitter la charmante douceur,
Et de vous marier vous osez faire fête ?
Ce vulgaire[2] dessein vous peut monter en tête ?

HENRIETTE

Oui, ma sœur.

ARMANDE

5   Ah ! ce « oui » se peut-il supporter,
Et sans un mal de cœur saurait-on l'écouter ?

HENRIETTE

Qu'a donc le mariage en soi qui vous oblige,

---

1. Jeune femme non mariée.
2. Commun.

Ma sœur... ?

ARMANDE

Ah, mon Dieu ! fi !

HENRIETTE

Comment ?

ARMANDE

Ah, fi ! vous dis-je.
Ne concevez-vous point ce que, dès qu'on l'entend,
10 Un tel mot à l'esprit offre de dégoûtant ?
De quelle étrange[1] image on est par lui blessée ?
Sur quelle sale vue il traîne la pensée ?
N'en frissonnez-vous point ? et pouvez-vous, ma sœur,
Aux suites[2] de ce mot résoudre votre cœur ?

HENRIETTE

15 Les suites de ce mot, quand je les envisage,
Me font voir un mari, des enfants, un ménage ;
Et je ne vois rien là, si j'en puis raisonner,
Qui blesse la pensée et fasse frissonner.

ARMANDE

De tels attachements, ô Ciel ! sont pour vous plaire ?

HENRIETTE

20 Et qu'est-ce qu'à mon âge on a de mieux à faire,
Que d'attacher à soi, par le titre d'époux,
Un homme qui vous aime et soit aimé de vous,
Et de cette union, de tendresse suivie,

---

1. Choquante.
2. Conséquences.

Se faire les douceurs d'une innocente vie ?
25 Ce nœud, bien assorti[1], n'a-t-il pas des appas[2] ?

ARMANDE

Mon Dieu, que votre esprit est d'un étage bas !
Que vous jouez au monde un petit personnage,
De vous claquemurer[3] aux choses du ménage,
Et de n'entrevoir point de plaisirs plus touchants
30 Qu'un idole[4] d'époux et des marmots[5] d'enfants !
Laissez aux gens grossiers, aux personnes vulgaires,
Les bas amusements de ces sortes d'affaires ;
À de plus hauts objets élevez vos désirs,
Songez à prendre un goût des plus nobles plaisirs,
35 Et traitant de mépris[6] les sens et la matière,
À l'esprit comme nous donnez-vous toute entière.
Vous avez notre mère en exemple à vos yeux[7],
Que du nom de savante on honore en tous lieux :
Tâchez ainsi que moi de vous montrer sa fille,
40 Aspirez aux clartés qui sont dans la famille,
Et vous rendez[8] sensible aux charmantes douceurs
Que l'amour de l'étude épanche dans les cœurs ;
Loin d'être aux lois d'un homme en esclave asservie,
Mariez-vous, ma sœur, à la philosophie,
45 Qui nous monte au-dessus de tout le genre humain,
Et donne à la raison l'empire souverain,

_____

1. Il faut comprendre « s'il est bien assorti », c'est-à-dire si les
rubans s'harmonisent.
2. Attraits.
3. Enfermer.
4. Un époux terne, qui ne sait ni parler ni agir. Au XVIIᵉ siècle, le
mot « idole » pouvait se trouver au masculin.
5. Le terme est péjoratif. Il désigne à l'origine un petit singe.
6. Avec mépris.
7. Sous les yeux.
8. Rendez-vous.

Soumettant à ses lois la partie animale,
Dont l'appétit[1] grossier aux bêtes[2] nous ravale.
Ce sont là les beaux feux, les doux attachements,
50 Qui doivent de la vie occuper les moments;
Et les soins où[3] je vois tant de femmes sensibles
Me paraissent aux yeux[4] des pauvretés horribles.

HENRIETTE

Le Ciel, dont nous voyons que l'ordre est tout-puissant,
Pour différents emplois nous fabrique en naissant;
55 Et tout esprit n'est pas composé d'une étoffe
Qui se trouve taillée à faire un philosophe.
Si le vôtre est né propre aux élévations
Où montent des savants les spéculations,
Le mien est fait, ma sœur, pour aller terre à terre,
60 Et dans les petits soins son faible se resserre[5].
Ne troublons point du Ciel les justes règlements,
Et de nos deux instincts suivons les mouvements:
Habitez, par l'essor d'un grand et beau génie,
Les hautes régions de la philosophie,
65 Tandis que mon esprit, se tenant ici-bas,
Goûtera de l'hymen les terrestres appas.
Ainsi, dans nos desseins l'une à l'autre contraire,
Nous saurons toutes deux imiter notre mère:
Vous, du côté de l'âme et des nobles désirs,
70 Moi, du côté des sens et des grossiers plaisirs;
Vous, aux productions d'esprit et de lumière,
Moi, dans celles, ma sœur, qui sont de la matière.

---

1. L'appétit des sens.
2. Au rang des bêtes.
3. Les soucis auxquels.
4. Paraissent à mes yeux.
5. Ses faibles facultés le cantonnent à de petites occupations.

ARMANDE

Quand sur une personne on prétend se régler,
C'est par les beaux côtés qu'il lui faut ressembler ;
75 Et ce n'est point du tout la prendre pour modèle,
Ma sœur, que de tousser et de cracher comme elle.

HENRIETTE

Mais vous ne seriez pas ce dont vous vous vantez,
Si ma mère n'eût eu que de ces beaux côtés ;
Et bien vous prend, ma sœur, que son noble génie
80 N'ait pas vaqué toujours à la philosophie.
De grâce, souffrez-moi[1], par un peu de bonté,
Des bassesses à qui vous devez la clarté ;
Et ne supprimez point, voulant qu'on vous seconde[2],
Quelque petit savant qui veut venir au monde.

ARMANDE

85 Je vois que votre esprit ne peut être guéri
Du fol entêtement de vous faire un mari ;
Mais sachons, s'il vous plaît, qui vous songez à prendre ;
Votre visée au moins n'est pas mise à Clitandre ?

HENRIETTE

Et par quelle raison n'y serait-elle pas ?
90 Manque-t-il de mérite ? est-ce un choix qui soit bas ?

ARMANDE

Non ; mais c'est un dessein qui serait malhonnête,
Que de vouloir d'un autre enlever la conquête ;
Et ce n'est pas un fait dans le monde ignoré
Que Clitandre ait pour moi hautement soupiré.

------

1. Permettez-moi.
2. Qu'on imite votre exemple.

HENRIETTE

95 Oui, mais tous ces soupirs chez vous[1] sont choses vaines,
Et vous ne tombez point aux bassesses humaines ;
Votre esprit à l'hymen renonce pour toujours,
Et la philosophie a toutes vos amours :
Ainsi, n'ayant au cœur nul dessein pour Clitandre,
100 Que vous importe-t-il qu'on y puisse prétendre ?

ARMANDE

Cet empire que tient la raison sur les sens
Ne fait pas renoncer aux douceurs des encens[2],
Et l'on peut pour époux refuser un mérite
Que pour adorateur on veut bien à sa suite.

HENRIETTE

105 Je n'ai pas empêché qu'à vos perfections,
Il n'ait continué ses adorations ;
Et je n'ai fait que prendre, au refus de[3] votre âme,
Ce qu'est venu m'offrir l'hommage de sa flamme.

ARMANDE

Mais à l'offre des vœux d'un amant dépité
110 Trouvez-vous, je vous prie, entière sûreté ?
Croyez-vous pour vos yeux sa passion bien forte,
Et qu'en son cœur pour moi toute flamme soit morte ?

HENRIETTE

Il me le dit, ma sœur, et, pour moi, je le crois.

---

1. Pour vous.
2. Au plaisir d'être encensée, louée.
3. Après le refus.

ARMANDE

Ne soyez pas, ma sœur, d'une si bonne foi[1],
115 Et croyez, quand il dit qu'il me quitte et vous aime,
Qu'il n'y songe pas bien et se trompe lui-même.

HENRIETTE

Je ne sais ; mais enfin, si c'est votre plaisir,
Il nous est bien aisé de nous en éclaircir :
Je l'aperçois qui vient, et sur cette matière
120 Il pourra nous donner une pleine lumière.

Scène 2

CLITANDRE, ARMANDE, HENRIETTE

HENRIETTE

Pour me tirer d'un doute où me jette ma sœur,
Entre elle et moi, Clitandre, expliquez votre cœur ;
Découvrez-en le fond, et nous daignez apprendre[2]
Qui de nous à vos vœux[3] est en droit de prétendre.

ARMANDE

125 Non, non : je ne veux point à votre passion
Imposer la rigueur d'une explication ;
Je ménage les gens, et sais comme embarrasse
Le contraignant effort de ces aveux en face.

---

1. D'une foi si naïve.
2. Consentez à nous dire.
3. Votre amour.

CLITANDRE

Non, Madame, mon cœur, qui dissimule peu,
130 Ne sent nulle contrainte à faire un libre aveu ;
Dans aucun embarras un tel pas[1] ne me jette,
Et j'avouerai tout haut, d'une âme franche et nette,
Que les tendres liens où je suis arrêté,
Mon amour et mes vœux sont tout de ce côté.
135 Qu'à nulle émotion cet aveu ne vous porte :
Vous avez bien voulu les choses de la sorte.
Vos attraits m'avaient pris, et mes tendres soupirs
Vous ont assez prouvé l'ardeur de mes désirs ;
Mon cœur vous consacrait une flamme immortelle ;
140 Mais vos yeux n'ont pas cru leur conquête assez belle.
J'ai souffert sous leur joug cent mépris différents,
Ils régnaient sur mon âme en superbes[2] tyrans,
Et je me suis cherché, lassé de tant de peines,
Des vainqueurs plus humains et de moins rudes chaînes :
145 Je les ai rencontrés, Madame, dans ces yeux,
Et leurs traits[3] à jamais me seront précieux ;
D'un regard pitoyable[4] ils ont séché mes larmes,
Et n'ont pas dédaigné le rebut de vos charmes ;
De si rares bontés m'ont si bien su toucher,
150 Qu'il n'est rien qui me puisse à mes fers arracher ;
Et j'ose maintenant vous conjurer, Madame,
De ne vouloir tenter nul effort[5] sur ma flamme,
De ne point essayer à rappeler un cœur
Résolu de mourir dans cette douce ardeur.

---

1. Démarche, demande.
2. Orgueilleux.
3. Leurs flèches. On pensait, depuis la Renaissance, que le sentiment amoureux naissait de flèches lumineuses (ou de rayons) déco-
chées à partir du regard.
4. Plein de pitié.
5. Contrainte violente (même sens au vers 161).

ARMANDE

155 Eh ! qui vous dit, Monsieur, que l'on ait cette envie,
    Et que de vous enfin si fort on se soucie ?
    Je vous trouve plaisant de vous le figurer,
    Et bien impertinent de me le déclarer.

HENRIETTE

    Eh ! doucement, ma sœur. Où donc est la morale
160 Qui sait si bien régir la partie animale,
    Et retenir la bride aux efforts du courroux ?

ARMANDE

    Mais vous qui m'en parlez, où la pratiquez-vous,
    De répondre à l'amour que l'on vous fait paraître
    Sans le congé de ceux qui vous ont donné l'être[1] ?
165 Sachez que le devoir vous soumet à leurs lois,
    Qu'il ne vous est permis d'aimer que par leur choix.
    Qu'ils ont sur votre cœur l'autorité suprême,
    Et qu'il est criminel d'en disposer vous-même.

HENRIETTE

    Je rends grâce aux bontés que vous me faites voir
170 De m'enseigner si bien les choses du devoir ;
    Mon cœur sur vos leçons veut régler sa conduite ;
    Et pour vous faire voir, ma sœur, que j'en profite,
    Clitandre, prenez soin d'appuyer votre amour
    De l'agrément de ceux dont j'ai reçu le jour[2] ;
175 Faites-vous sur mes vœux un pouvoir légitime,
    Et me donnez moyen de vous aimer sans crime.

---

1. Donné le jour, c'est-à-dire les parents d'Henriette. À l'époque, l'autorisation de ceux-ci (en particulier du père) était absolument nécessaire pour envisager le mariage.
2. Sur l'autorisation donnée par mes parents.

CLITANDRE

J'y vais de tous mes soins travailler hautement,
Et j'attendais de vous ce doux consentement.

ARMANDE

Vous triomphez, ma sœur, et faites une mine
180 À vous imaginer que cela me chagrine.

HENRIETTE

Moi, ma sœur, point du tout : je sais que sur vos sens
Les droits de la raison sont toujours tout-puissants ;
Et que par les leçons qu'on prend dans la sagesse,
Vous êtes au-dessus d'une telle faiblesse.
185 Loin de vous soupçonner d'aucun chagrin, je crois
Qu'ici vous daignerez vous employer pour moi,
Appuyer sa demande, et de votre suffrage
Presser l'heureux moment de notre mariage.
Je vous en sollicite ; et pour y travailler…

ARMANDE

190 Votre petit esprit se mêle de railler,
Et d'un cœur qu'on vous jette on vous voit toute fière.

HENRIETTE

Tout jeté qu'est ce cœur, il ne vous déplaît guère ;
Et si vos yeux sur moi le pouvaient ramasser,
Ils prendraient aisément le soin de se baisser.

ARMANDE

195 À répondre à cela je ne daigne descendre,
Et ce sont sots discours qu'il ne faut pas entendre.

HENRIETTE

C'est fort bien fait à vous, et vous nous faites voir
Des modérations qu'on ne peut concevoir.

Scène 3

CLITANDRE, HENRIETTE

HENRIETTE

Votre sincère aveu ne l'a pas peu surprise.

CLITANDRE

200 Elle mérite assez une telle franchise,
Et toutes les hauteurs de sa folle fierté
Sont dignes tout au moins de ma sincérité.
Mais puisqu'il m'est permis, je vais à votre père,
Madame…

HENRIETTE

Le plus sûr est de gagner ma mère :
205 Mon père est d'une humeur[1] à consentir à tout,
Mais il met peu de poids aux choses qu'il résout[2] ;
Il a reçu du Ciel certaine bonté d'âme,
Qui le soumet d'abord à ce que veut sa femme ;
C'est elle qui gouverne, et d'un ton absolu
210 Elle dicte pour loi ce qu'elle a résolu.
Je voudrais bien vous voir pour elle, et pour ma tante,
Une âme, je l'avoue, un peu plus complaisante,

---

1. D'un tempérament.
2. Pour lesquelles il se décide.

Un esprit qui, flattant les visions[1] du leur,
Vous pût de leur estime attirer la chaleur.

CLITANDRE

215   Mon cœur n'a jamais pu, tant il est né sincère,
Même dans votre sœur flatter leur caractère,
Et les femmes docteurs ne sont point de mon goût.
Je consens qu'une femme ait des clartés de tout ;
Mais je ne lui veux point la passion choquante
220   De se rendre savante afin d'être savante ;
Et j'aime que souvent, aux questions qu'on fait,
Elle sache ignorer les choses qu'elle sait ;
De son étude enfin je veux qu'elle se cache,
Et qu'elle ait du savoir sans vouloir qu'on le sache,
225   Sans citer les auteurs, sans dire de grands mots,
Et clouer de l'esprit à ses moindres propos.
Je respecte beaucoup Madame votre mère ;
Mais je ne puis du tout approuver sa chimère,
Et me rendre[2] l'écho des choses qu'elle dit,
230   Aux encens qu'elle donne[3] à son héros d'esprit.
Son Monsieur Trissotin me chagrine, m'assomme,
Et j'enrage de voir qu'elle estime un tel homme,
Qu'elle nous mette au rang des grands et beaux esprits
Un benêt dont partout on siffle les écrits,
235   Un pédant dont on voit la plume libérale[4],
D'officieux[5] papiers fournir toute la halle.

----

1. Le sens du terme est fort : les chimères, les fantaisies.
2. Me faire.
3. Sens figuré, « lorsqu'elle chante les louanges de… ».
4. Généreuse.
5. Officieux, c'est-à-dire qui remplissent un office, qui sont utiles.
Les écrits de Trissotin serviraient, d'après Clitandre, de papier d'emballage aux produits des marchands de la halle (du marché).

HENRIETTE

Ses écrits, ses discours, tout m'en semble ennuyeux.
Et je me trouve assez votre goût et vos yeux ;
Mais, comme sur ma mère il a grande puissance,
240 Vous devez vous forcer à quelque complaisance.
Un amant fait sa cour où s'attache son cœur,
Il veut de tout le monde y gagner la faveur ;
Et, pour n'avoir personne à sa flamme contraire,
Jusqu'au chien du logis il s'efforce de plaire.

CLITANDRE

245 Oui, vous avez raison ; mais Monsieur Trissotin
M'inspire au fond de l'âme un dominant chagrin[1].
Je ne puis consentir, pour gagner ses suffrages[2],
À me déshonorer en prisant[3] ses ouvrages ;
C'est par eux qu'à mes yeux il a d'abord paru,
250 Et je le connaissais avant que l'avoir vu.
Je vis, dans le fatras des écrits qu'il nous donne,
Ce qu'étale en tous lieux sa pédante personne :
La constante hauteur de sa présomption,
Cette intrépidité de bonne opinion[4],
255 Cet indolent[5] état de confiance extrême
Qui le rend en tout temps si content de soi-même,
Qui fait qu'à son mérite incessamment il rit,
Qu'il se sait si bon gré de tout ce qu'il écrit,
Et qu'il ne voudrait pas changer sa renommée
260 Contre tous les honneurs d'un général d'armée.

---

1. De la mauvaise humeur.
2. Son soutien.
3. En accordant du prix à.
4. Sa capacité à conserver une haute opinion de lui-même.
5. Que l'on ne peut atteindre.

HENRIETTE

C'est avoir de bons yeux que de voir tout cela.

CLITANDRE

Jusques à sa figure encor la chose alla[1],
Et je vis par les vers qu'à la tête il nous jette,
De quel air il fallait que fût fait le poète ;
265 Et j'en avais si bien deviné tous les traits,
Que rencontrant un homme un jour dans le Palais[2],
Je gageai que c'était Trissotin en personne,
Et je vis qu'en effet la gageure était bonne.

HENRIETTE

Quel conte !

CLITANDRE

          Non, je dis la chose comme elle est.
270 Mais je vois votre tante. Agréez, s'il vous plaît,
Que mon cœur lui déclare ici notre mystère[3],
Et gagne sa faveur auprès de votre mère.

Scène 4

CLITANDRE, BÉLISE

CLITANDRE

Souffrez, pour vous parler, Madame, qu'un amant

---

1. Clitandre poursuit l'idée du vers 251 : il parvient à travers les
écrits de Trissotin jusqu'à distinguer sa figure.
2. Il s'agit du Palais de justice, dont la galerie abritait des librairies.
3. Notre secret.

Prenne l'occasion de cet heureux moment,
275 Et se découvre à vous de la sincère flamme…

BÉLISE

Ah ! tout beau, gardez-vous de m'ouvrir trop votre âme
Si je vous ai su mettre au rang de mes amants,
Contentez-vous des yeux pour vos seuls truchements[1],
Et ne m'expliquez point par un autre langage
280 Des désirs qui chez moi passent pour un outrage ;
Aimez-moi, soupirez, brûlez pour mes appas,
Mais qu'il me soit permis de ne le savoir pas :
Je puis fermer les yeux sur vos flammes secrètes,
Tant que vous vous tiendrez aux muets interprètes ;
285 Mais si la bouche vient à s'en vouloir mêler,
Pour jamais de ma vue il vous faut exiler.

CLITANDRE

Des projets de mon cœur ne prenez point d'alarme :
Henriette, Madame, est l'objet qui me charme,
Et je viens ardemment conjurer vos bontés
290 De seconder l'amour que j'ai pour ses beautés.

BÉLISE

Ah ! certes le détour est d'esprit, je l'avoue
Ce subtil faux-fuyant mérite qu'on le loue,
Et, dans tous les romans où j'ai jeté les yeux,
Je n'ai rien rencontré de plus ingénieux.

CLITANDRE

295 Ceci n'est point du tout un trait d'esprit, Madame,
Et c'est un pur aveu de ce que j'ai dans l'âme.
Les Cieux, par les liens d'une immuable ardeur,

---

1. Interprètes.

Aux beautés d'Henriette ont attaché mon cœur ;
Henriette me tient sous son aimable empire,
300 Et l'hymen d'Henriette est le bien où j'aspire :
Vous y pouvez beaucoup, et tout ce que je veux,
C'est que vous y daigniez favoriser mes vœux.

BÉLISE

Je vois où doucement veut aller la demande,
Et je sais sous ce nom ce qu'il faut que j'entende ;
305 La figure[1] est adroite, et, pour n'en point sortir
Aux choses que mon cœur m'offre à vous repartir,
Je dirai qu'Henriette à l'hymen est rebelle,
Et que sans rien prétendre il faut brûler pour elle.

CLITANDRE

Eh ! Madame, à quoi bon un pareil embarras,
310 Et pourquoi voulez-vous penser ce qui n'est pas ?

BÉLISE

Mon Dieu ! point de façons ; cessez de vous défendre
De ce que vos regards m'ont souvent fait entendre :
Il suffit que l'on est contente du détour
Dont s'est adroitement avisé votre amour,
315 Et que, sous la figure où le respect l'engage,
On veut bien se résoudre à souffrir son hommage,
Pourvu que ses transports, par l'honneur éclairés,
N'offrent à mes autels que des vœux épurés.

---

1. La figure de style, par laquelle Bélise croit encore que Clitandre
lui déclare son amour en prétendant aimer Henriette. La société des
salons se passionnait pour ces énigmes et autres jeux métaphoriques,
surtout lorsque le sujet en était l'amour.

CLITANDRE

Mais...

BÉLISE

Adieu, pour ce coup, ceci doit vous suffire,
320 Et je vous ai plus dit que je ne voulais dire.

CLITANDRE

Mais votre erreur...

BÉLISE

Laissez, je rougis maintenant,
Et ma pudeur s'est fait un effort surprenant[1].

CLITANDRE

Je veux être pendu si je vous aime, et sage...

BÉLISE

Non, non, je ne veux rien entendre davantage.

CLITANDRE

325 Diantre soit de la folle avec ses visions!
A-t-on rien vu d'égal à ces préventions[2]?
Allons commettre un autre au soin que l'on me donne[3],
Et prenons le secours d'une sage personne.

---

1. Une violence dont je suis surprise.
2. Bélise est «prévenue», c'est-à-dire qu'elle a des idées précon-
çues et dont on ne peut la défaire.
3. «Confier à un autre la tâche dont je suis chargé», c'est-à-dire
demander l'approbation du père d'Henriette à son mariage. Dans
l'intervalle, entre l'acte I et II, Clitandre demande en effet à Ariste
d'intercéder en sa faveur auprès de son frère Chrysale, comme le
montre la scène 1 de l'acte II.

Acte II

Scène 1

ARISTE

ARISTE

Oui, je vous porterai la réponse au plus tôt ;
330 J'appuierai, presserai, ferai tout ce qu'il faut.
Qu'un amant, pour un mot, a de choses à dire !
Et qu'impatiemment il veut ce qu'il désire !
Jamais…

Scène 2

CHRYSALE, ARISTE

ARISTE

Ah ! Dieu vous gard', mon frère !

CHRYSALE

Et vous aussi,
Mon frère.

ARISTE

Savez-vous ce qui m'amène ici ?

CHRYSALE

335 Non ; mais, si vous voulez, je suis prêt à l'apprendre.

ARISTE

Depuis assez longtemps vous connaissez Clitandre ?

CHRYSALE

Sans doute[1], et je le vois qui fréquente chez nous.

ARISTE

En quelle estime est-il, mon frère, auprès de vous ?

CHRYSALE

D'homme d'honneur, d'esprit, de cœur, et de conduite ;
340 Et je vois peu de gens qui soient de son mérite.

ARISTE

Certain désir qu'il a, conduit ici mes pas.
Et je me réjouis que vous en fassiez cas[2].

CHRYSALE

Je connus feu son père en mon voyage à Rome.

---

1. L'expression est à prendre au sens propre : « sans aucun doute »,
c'est-à-dire : bien sûr.
2. Que vous l'estimiez.

ARISTE

Fort bien.

CHRYSALE

C'était, mon frère, un fort bon gentilhomme.

ARISTE

On le dit.

CHRYSALE

345   Nous n'avions alors que vingt-huit ans,
Et nous étions, ma foi ! tous deux de verts galants[1].

ARISTE

Je le crois.

CHRYSALE

Nous donnions[2] chez les dames romaines,
Et tout le monde là parlait de nos fredaines :
Nous faisions des jaloux.

ARISTE

Voilà qui va des mieux.
350 Mais venons au sujet qui m'amène en ces lieux.

---

1. L'expression, qui était aussi le surnom donné au roi Henri IV, désigne un jeune homme vif, vigoureux et n'est pas dépourvue d'une connotation grivoise, comme le montre la suite (v. 347-349).
2. Verbe appartenant au vocabulaire de la chasse. Le terme renvoie à la poursuite d'un gibier.

Scène 3

BÉLISE, CHRYSALE, ARISTE

ARISTE

Clitandre auprès de vous me fait son interprète,
Et son cœur est épris des grâces d'Henriette.

CHRYSALE

Quoi, de ma fille ?

ARISTE

       Oui, Clitandre en est charmé[1],
Et je ne vis jamais amant plus enflammé.

BÉLISE

355 Non, non : je vous entends, vous ignorez l'histoire,
Et l'affaire n'est pas ce que vous pouvez croire.

ARISTE

Comment, ma sœur ?

BÉLISE

       Clitandre abuse vos esprits,
Et c'est d'un autre objet que son cœur est épris.

ARISTE

Vous raillez. Ce n'est pas Henriette qu'il aime ?

---

1. Littéralement, « sous le charme », ensorcelé.

BÉLISE

Non ; j'en suis assurée.

ARISTE

360   Il me l'a dit lui-même.

BÉLISE

Eh, oui !

ARISTE

Vous me voyez, ma sœur, chargé par lui
D'en faire la demande à son père aujourd'hui.

BÉLISE

Fort bien.

ARISTE

Et son amour même m'a fait instance[1]
De presser les moments d'une telle alliance.

BÉLISE

365 Encor mieux. On ne peut tromper plus galamment.
Henriette, entre nous, est un amusement[2],
Un voile ingénieux, un prétexte, mon frère,
À couvrir d'autres feux, dont je sais le mystère ;
Et je veux bien tous deux vous mettre hors d'erreur.

ARISTE

370 Mais, puisque vous savez tant de choses, ma sœur,
Dites-nous, s'il vous plaît, cet autre objet qu'il aime.

---

1. M'a prié instamment.
2. Un artifice destiné à tromper.

BÉLISE

Vous le voulez savoir ?

ARISTE

Oui. Quoi ?

BÉLISE

Moi.

ARISTE

Vous ?

BÉLISE

Moi-même.

ARISTE

Hay[1], ma sœur !

BÉLISE

Qu'est-ce donc que veut dire ce « hay »,
Et qu'a de surprenant le discours que je fais ?
375 On est faite d'un air, je pense, à pouvoir dire
Qu'on n'a pas pour un cœur soumis à son empire[2] ;
Et Dorante, Damis, Cléonte et Lycidas
Peuvent bien faire voir qu'on a quelques appas.

ARISTE

Ces gens vous aiment ?

_____

1. Hé !, exclamation de surprise.
2. Bélise parle d'elle-même à la troisième personne : « on n'a pas
qu'un seul cœur soumis à son empire ».

BÉLISE

Oui, de toute leur puissance[1].

ARISTE

Ils vous l'ont dit ?

BÉLISE

380   Aucun n'a pris cette licence[2] :
Ils m'ont su révérer si fort jusqu'à ce jour,
Qu'ils ne m'ont jamais dit un mot de leur amour ;
Mais pour m'offrir leur cœur et vouer leur service,
Les muets truchements[3] ont tous fait leur office.

ARISTE

385 On ne voit presque point céans[4] venir Damis.

BÉLISE

C'est pour me faire voir un respect plus soumis.

ARISTE

De mots piquants partout Dorante vous outrage.

BÉLISE

Ce sont emportements d'une jalouse rage.

ARISTE

Cléonte et Lycidas ont pris femme tous deux.

BÉLISE

390 C'est par un désespoir où j'ai réduit leurs feux.

---

1. Pouvoir.
2. Liberté un peu risquée.
3. Comme précédemment (v. 284), les yeux.
4. Ici.

ARISTE

Ma foi ! ma chère sœur, vision toute claire[1].

CHRYSALE

De ces chimères-là vous devez vous défaire.

BÉLISE

Ah, chimères ! ce sont des chimères, dit-on !
Chimères, moi ! Vraiment chimères est fort bon !
395 Je me réjouis fort de chimères, mes frères,
Et je ne savais pas que j'eusse des chimères.

Scène 4

CHRYSALE, ARISTE

CHRYSALE

Notre sœur est folle, oui.

ARISTE

Cela croît tous les jours.
Mais, encore une fois, reprenons le discours.
Clitandre vous demande Henriette pour femme :
400 Voyez quelle réponse on doit faire à sa flamme.

CHRYSALE

Faut-il le demander ? J'y consens de bon cœur,
Et tiens son alliance à singulier honneur[2].

---

1. Ariste ironise puisqu'une « vision » désigne précisément (comme au vers 325) une idée chimérique.
2. Je considère son alliance comme un honneur.

ARISTE

Vous savez que de bien il n'a pas l'abondance,
Que...

CHRYSALE

C'est un intérêt[1] qui n'est pas d'importance :
405 Il est riche en vertu, cela vaut des trésors,
Et puis son père et moi n'étions qu'un en deux corps.

ARISTE

Parlons à votre femme, et voyons à la rendre
Favorable...

CHRYSALE

Il suffit : je l'accepte pour gendre.

ARISTE

Oui ; mais pour appuyer votre consentement,
410 Mon frère, il n'est pas mal d'avoir son agrément ;
Allons...

CHRYSALE

Vous moquez-vous ? Il n'est pas nécessaire :
Je réponds de ma femme, et prends sur moi l'affaire.

ARISTE

Mais...

CHRYSALE

Laissez faire, dis-je, et n'appréhendez pas :
Je la vais disposer aux choses de ce pas.

---

1. C'est ici le sens étymologique du mot : une question.

ARISTE

415 Soit. Je vais là-dessus sonder votre Henriette,
Et reviendrai savoir…

CHRYSALE

C'est une affaire faite,
Et je vais à ma femme en parler sans délai.

Scène 5

MARTINE, CHRYSALE

MARTINE

Me voilà bien chanceuse ! Hélas ! l'an dit bien vrai :
Qui veut noyer son chien l'accuse de la rage,
420 Et service d'autrui n'est pas un héritage.

CHRYSALE

Qu'est-ce donc ? Qu'avez-vous, Martine ?

MARTINE

Ce que j'ai ?

CHRYSALE

Oui.

MARTINE

J'ai que l'an me donne aujourd'hui mon congé,
Monsieur.

CHRYSALE

Votre congé !

MARTINE

Oui, Madame me chasse.

CHRYSALE

Je n'entends pas cela. Comment ?

MARTINE

On me menace,
425 Si je ne sors d'ici, de me bailler[1] cent coups.

CHRYSALE

Non, vous demeurerez : je suis content de vous.
Ma femme bien souvent a la tête un peu chaude,
Et je ne veux pas, moi…

Scène 6

PHILAMINTE, BÉLISE, CHRYSALE, MARTINE

PHILAMINTE

Quoi ? je vous vois, maraude ?
Vite, sortez, friponne ; allons, quittez ces lieux,
430 Et ne vous présentez jamais devant mes yeux.

CHRYSALE

Tout doux.

---

1. Donner. Le terme est déjà hors d'usage à l'époque où écrit Molière.

PHILAMINTE

Non, c'en est fait.

CHRYSALE

Eh !

PHILAMINTE

Je veux qu'elle sorte.

CHRYSALE

Mais qu'a-t-elle commis, pour vouloir de la sorte…

PHILAMINTE

Quoi ? vous la soutenez ?

CHRYSALE

En aucune façon.

PHILAMINTE

Prenez-vous son parti contre moi ?

CHRYSALE

Mon Dieu ! non :

435 Je ne fais seulement que demander son crime.

PHILAMINTE

Suis-je pour la chasser sans cause légitime ?

CHRYSALE

Je ne dis pas cela ; mais il faut de nos gens…

PHILAMINTE

Non ; elle sortira, vous dis-je, de céans[1].

---

1. D'ici.

CHRYSALE

Hé bien ! oui : vous dit-on quelque chose là-contre ?

PHILAMINTE

440 Je ne veux point d'obstacle aux désirs que je montre.

CHRYSALE

D'accord.

PHILAMINTE

Et vous devez, en raisonnable époux,
Être pour moi contre elle, et prendre mon courroux.

CHRYSALE

Aussi fais-je. Oui, ma femme avec raison vous chasse,
Coquine, et votre crime est indigne de grâce.

MARTINE

Qu'est-ce donc que j'ai fait ?

CHRYSALE

445   Ma foi ! je ne sais pas.

PHILAMINTE

Elle est d'humeur encor à n'en faire aucun cas.

CHRYSALE

A-t-elle, pour donner matière à votre haine,
Cassé quelque miroir ou quelque porcelaine ?

PHILAMINTE

Voudrais-je la chasser, et vous figurez-vous
450 Que pour si peu de chose on se mette en courroux ?

CHRYSALE

Qu'est-ce à dire ? L'affaire est donc considérable ?

PHILAMINTE

Sans doute[1]. Me voit-on femme déraisonnable ?

CHRYSALE

Est-ce qu'elle a laissé, d'un esprit négligent,
Dérober quelque aiguière[2] ou quelque plat d'argent ?

PHILAMINTE

Cela ne serait rien.

CHRYSALE

455   Oh, oh ! peste, la belle !
Quoi ? l'avez-vous surprise à n'être pas fidèle[3] ?

PHILAMINTE

C'est pis que tout cela.

CHRYSALE

                        Pis que tout cela ?

PHILAMINTE

                                        Pis.

CHRYSALE

Comment diantre, friponne ! Euh ? a-t-elle commis…

---

1. Bien sûr.
2. Vase à bec et à anse simple, destiné à transporter et à servir l'eau.
3. Fidèle à la famille qui l'emploie, c'est-à-dire honnête.

PHILAMINTE

Elle a, d'une insolence à nulle autre pareille
460 Après trente leçons, insulté mon oreille
Par l'impropriété d'un mot sauvage et bas
Qu'en termes décisifs condamne Vaugelas.

CHRYSALE

Est-ce là...

PHILAMINTE

Quoi ? toujours, malgré nos remontrances,
Heurter le fondement de toutes les sciences,
465 La grammaire, qui sait régenter jusqu'aux rois,
Et les fait la main haute[1] obéir à ses lois ?

CHRYSALE

Du plus grand des forfaits je la croyais coupable.

PHILAMINTE

Quoi ? vous ne trouvez pas ce crime impardonnable ?

CHRYSALE

Si fait.

PHILAMINTE

Je voudrais bien que vous l'excusassiez.

CHRYSALE

Je n'ai garde[2].

---

1. Terme d'équitation. La main tenant les rênes haut sur l'enco-
lure, c'est-à-dire fermement.
2. Je m'en garde.

BÉLISE

470   Il est vrai que ce sont des pitiés :
Toute construction est par elle détruite,
Et[1] des lois du langage on l'a cent fois instruite.

MARTINE

Tout ce que vous prêchez est, je crois, bel et bon ;
Mais je ne saurais, moi, parler votre jargon.

PHILAMINTE

475 L'impudente ! appeler un jargon le langage
Fondé sur la raison et sur le bel usage !

MARTINE

Quand on se fait entendre, on parle toujours bien,
Et tous vos biaux dictons ne servent pas de rien.

PHILAMINTE

Hé bien ! ne voilà pas encore de son style ?
Ne servent pas de rien !

BÉLISE

480   Ô cervelle indocile !
Faut-il qu'avec les soins qu'on prend incessamment,
On ne te puisse apprendre à parler congrûment[2] ?
De *pas* mis avec *rien* tu fais la récidive,
Et c'est, comme on t'a dit, trop d'une négative.

MARTINE

485 Mon Dieu ! je n'avons pas étugué comme vous,
Et je parlons tout droit comme on parle cheux nous.

---

1. « Et » a le sens concessif de « et pourtant ».
2. Correctement.

PHILAMINTE

Ah ! peut-on y tenir ?

BÉLISE

Quel solécisme[1] horrible !

PHILAMINTE

En voilà pour tuer une oreille sensible.

BÉLISE

Ton esprit, je l'avoue, est bien matériel.
490 *Je* n'est qu'un singulier, *avons* est pluriel.
Veux-tu toute ta vie offenser la grammaire ?

MARTINE

Qui parle d'offenser grand-mère ni grand-père ?

PHILAMINTE

Ô Ciel !

BÉLISE

Grammaire est prise à contresens par toi,
Et je t'ai dit déjà d'où vient ce mot.

MARTINE

Ma foi !
495 Qu'il vienne de Chaillot, d'Auteuil, ou de Pontoise,
Cela ne me fait rien.

BÉLISE

Quelle âme villageoise !

---

1. Faute de construction.

La grammaire, du verbe et du nominatif,
Comme de l'adjectif avec le substantif,
Nous enseigne les lois.

MARTINE

J'ai, Madame, à vous dire
Que je ne connais point ces gens-là.

PHILAMINTE

500   Quel martyre !

BÉLISE

Ce sont les noms des mots, et l'on doit regarder
En quoi c'est qu'il les faut faire ensemble accorder.

MARTINE

Qu'ils s'accordent entre eux, ou se gourment[1], qu'importe ?

PHILAMINTE, *à sa sœur :*

Eh ! mon Dieu ! finissez un discours de la sorte.

À son mari :

505 Vous ne voulez pas, vous, me la faire sortir ?

CHRYSALE

Si fait. À son caprice, il me faut consentir,
Va, ne l'irrite point : retire-toi, Martine.

PHILAMINTE

Comment ? vous avez peur d'offenser la coquine ?
Vous lui parlez d'un ton tout à fait obligeant ?

---

1. Se battent.

CHRYSALE

510 Moi ? point. Allons, sortez. *(Bas.)* Va-t'en, ma pauvre enfant.

Scène 7

PHILAMINTE, CHRYSALE, BÉLISE

CHRYSALE

Vous êtes satisfaite, et la voilà partie ;
Mais je n'approuve point une telle sortie ;
C'est une fille propre aux choses qu'elle fait,
Et vous me la chassez pour un maigre sujet.

PHILAMINTE

515 Vous voulez que toujours je l'aie à mon service
Pour mettre incessamment mon oreille au supplice ?
Pour rompre toute loi d'usage et de raison,
Par un barbare amas de vices d'oraison[1],
De mots estropiés, cousus par intervalles,
520 De proverbes traînés dans les ruisseaux des Halles ?

BÉLISE

Il est vrai que l'on sue à souffrir[2] ses discours
Elle y met Vaugelas en pièces tous les jours ;
Et les moindres défauts de ce grossier génie
Sont ou le pléonasme, ou la cacophonie.

CHRYSALE

525 Qu'importe qu'elle manque aux lois de Vaugelas,

---

1. De défauts dans la manière de parler.
2. À endurer.

Pourvu qu'à la cuisine elle ne manque pas ?
J'aime bien mieux, pour moi, qu'en épluchant ses herbes[1],
Elle accommode mal les noms avec les verbes,
Et redise cent fois un bas ou méchant mot,
530 Que de brûler ma viande[2], ou saler trop mon pot.
Je vis de bonne soupe, et non de beau langage.
Vaugelas n'apprend point à bien faire un potage ;
Et Malherbe et Balzac, si savants en beaux mots,
En cuisine peut-être auraient été des sots.

PHILAMINTE

535 Que ce discours grossier terriblement assomme[3] !
Et quelle indignité pour ce qui s'appelle homme
D'être baissé[4] sans cesse aux soins matériels,
Au lieu de se hausser vers les spirituels !
Le corps, cette guenille, est-il d'une importance,
540 D'un prix à mériter seulement qu'on y pense,
Et ne devons-nous pas laisser cela bien loin ?

CHRYSALE

Oui, mon corps est moi-même, et j'en veux prendre soin.
Guenille si l'on veut, ma guenille m'est chère.

BÉLISE

Le corps avec l'esprit fait figure[5], mon frère ;
545 Mais si vous en croyez tout le monde savant,
L'esprit doit sur le corps prendre le pas devant[6] ;

---

1. Ses légumes.
2. Ma nourriture (du latin *vivenda* : « ce qui sert à vivre »).
3. Ennuie.
4. D'être rabaissé.
5. Le corps est plus à son avantage lorsqu'il est accompagné de l'esprit.
6. Avoir la préséance.

Et notre plus grand soin, notre première instance[1],
Doit être à le nourrir du suc de la science.

CHRYSALE

Ma foi ! si vous songez à nourrir votre esprit,
550 C'est de viande bien creuse[2], à ce que chacun dit,
Et vous n'avez nul soin, nulle sollicitude
Pour...

PHILAMINTE

        Ah ! *sollicitude* à mon oreille est rude :
Il put étrangement[3] son ancienneté.

BÉLISE

Il est vrai que le mot est bien collet monté[4].

CHRYSALE

555 Voulez-vous que je dise ? il faut qu'enfin j'éclate,
Que je lève le masque, et décharge ma rate :
De folles on vous traite, et j'ai fort sur le cœur...

PHILAMINTE

Comment donc ?

CHRYSALE

        C'est à vous que je parle, ma sœur.
Le moindre solécisme en parlant[5] vous irrite ;
560 Mais vous en faites[6], vous, d'étranges en conduite.

---

1. Notre premier impératif.
2. Nourriture bien maigre.
3. Pue de façon choquante.
4. Désuet, hors d'usage. Le terme renvoie au lexique de l'habillement.
5. Que l'on fait en parlant.
6. Vous faites, quant à vous, de choquantes erreurs de comportement.

Vos livres éternels ne me contentent pas,
Et hors un gros Plutarque à mettre mes rabats[1],
Vous devriez brûler tout ce meuble[2] inutile,
Et laisser la science aux docteurs de la ville ;
565 M'ôter, pour faire bien, du grenier de céans[3]
Cette longue lunette à faire peur aux gens,
Et cent brimborions[4] dont l'aspect importune ;
Ne point aller chercher ce qu'on fait dans la lune,
Et vous mêler un peu de ce qu'on fait chez vous,
570 Où nous voyons aller tout sens dessus dessous.
Il n'est pas bien honnête, et pour beaucoup de causes,
Qu'une femme étudie et sache tant de choses.
Former aux bonnes mœurs l'esprit de ses enfants,
Faire aller son ménage, avoir l'œil sur ses gens[5],
575 Et régler la dépense avec économie,
Doit être son étude et sa philosophie.
Nos pères sur ce point étaient gens bien sensés,
Qui disaient qu'une femme en sait toujours assez
Quand la capacité de son esprit se hausse
580 À connaître un pourpoint d'avec un haut-de-chausse[6].
Les leurs[7] ne lisaient point, mais elles vivaient bien ;
Leurs ménages étaient tout leur docte entretien,
Et leurs livres un dé, du fil et des aiguilles,
Dont elles travaillaient au trousseau de leurs filles.
585 Les femmes d'à présent sont bien loin de ces mœurs :

---

1. Le large col à rabats de l'habit bourgeois du XVIIᵉ siècle. Chrysale le presse dans un gros livre pour le repasser.
2. Tous ces objets.
3. D'ici, de cette maison.
4. Objets sans importance.
5. Ses domestiques.
6. À distinguer le pourpoint (lourde veste allant jusqu'à mi-cuisses) du haut-de-chausse, c'est-à-dire de cet ancêtre de la culotte courte, qui commençait à la taille et sur laquelle étaient fixées les chausses (les bas).
7. Les femmes de nos pères (cf. v. 577).

Elles veulent écrire, et devenir auteurs.
Nulle science n'est pour elles trop profonde,
Et céans beaucoup plus qu'en aucun lieu du monde :
Les secrets les plus hauts s'y laissent concevoir,
590 Et l'on sait tout chez moi, hors ce qu'il faut savoir ;
On y sait comme[1] vont lune, étoile polaire,
Vénus, Saturne et Mars, dont je n'ai point affaire ;
Et dans ce vain savoir, qu'on va chercher si loin,
On ne sait comme va mon pot, dont j'ai besoin.
595 Mes gens à la science aspirent pour vous plaire,
Et tous ne font rien moins que ce qu'ils ont à faire ;
Raisonner est l'emploi de toute ma maison[2],
Et le raisonnement en bannit la raison :
L'un me brûle mon rôt[3] en lisant quelque histoire ;
600 L'autre rêve à des vers quand je demande à boire ;
Enfin je vois par eux votre exemple suivi,
Et j'ai des serviteurs, et ne suis point servi.
Une pauvre servante au moins m'était restée,
Qui de ce mauvais air n'était point infectée,
605 Et voilà qu'on la chasse avec un grand fracas,
À cause qu'elle manque à parler Vaugelas.
Je vous le dis, ma sœur, tout ce train-là me blesse,
(Car c'est, comme j'ai dit, à vous que je m'adresse),
Je n'aime point céans[4] tous vos gens à latin,
610 Et principalement ce Monsieur Trissotin :
C'est lui qui dans des vers vous a tympanisées[5] ;
Tous les propos qu'il tient sont des billevesées[6] ;

---

1. Comment.
2. Jeu de mots de Chrysale : la maisonnée perd la raison parce que
Philaminte et Armande raisonnent.
3. Mon rôti.
4. Je n'aime pas voir ici.
5. A célébré vos mérites à coups de tambour (le tympan).
6. Des boules remplies d'air, donc des choses d'apparence trom-
peuse.

On cherche ce qu'il dit après qu'il a parlé,
Et je lui crois, pour moi, le timbre[1] un peu fêlé.

PHILAMINTE

615 Quelle bassesse, ô Ciel, et d'âme, et de langage !

BÉLISE

Est-il de petits corps[2] un plus lourd assemblage !
Un esprit composé d'atomes plus bourgeois !
Et de ce même sang se peut-il que je sois !
Je me veux mal de mort d'être de votre race,
620 Et de confusion j'abandonne la place.

Scène 8

PHILAMINTE, CHRYSALE

PHILAMINTE

Avez-vous à lâcher encore quelque trait[3] ?

CHRYSALE

Moi ? Non. Ne parlons plus de querelle : c'est fait.
Discourons d'autre affaire. À votre fille aînée
On voit quelque dégoût pour les nœuds d'hyménée[4] :
625 C'est une philosophe enfin, je n'en dis rien,
Elle est bien gouvernée, et vous faites fort bien.

---

1. Chrysale file depuis le vers 612 la métaphore du tambour, dont le timbre (donc, pour Trissotin, l'esprit) est ici fêlé.
2. Les petits corps désignent ici les atomes, selon la théorie d'Épicure qui connaissait alors un regain d'intérêt.
3. Flèche.
4. Le mariage.

Mais de toute autre humeur se trouve sa cadette,
Et je crois qu'il est bon de pourvoir Henriette,
De choisir un mari…

PHILAMINTE

C'est à quoi j'ai songé,
630 Et je veux vous ouvrir l'intention que j'ai.
Ce Monsieur Trissotin dont on nous fait un crime,
Et qui n'a pas l'honneur d'être dans votre estime,
Est celui que je prends pour l'époux qu'il lui faut,
Et je sais mieux que vous juger de ce qu'il vaut :
635 La contestation est ici superflue,
Et de tout point chez moi l'affaire est résolue,
Au moins ne dites mot du choix de cet époux :
Je veux à votre fille en parler avant vous ;
J'ai des raisons à faire approuver[1] ma conduite,
640 Et je connaîtrai bien si vous l'aurez instruite.

Scène 9

ARISTE, CHRYSALE

ARISTE

Hé bien ? la femme sort, mon frère, et je vois bien
Que vous venez d'avoir ensemble un entretien.

CHRYSALE

Oui.

---

1. Des raisons susceptibles de faire approuver…

ARISTE

Quel est le succès[1]? Aurons-nous Henriette?
A-t-elle consenti? l'affaire est-elle faite?

CHRYSALE

Pas tout à fait encor.

ARISTE

Refuse-t-elle?

CHRYSALE

645   Non.

ARISTE

Est-ce qu'elle balance?

CHRYSALE

En aucune façon.

ARISTE

Quoi donc?

CHRYSALE

C'est que pour gendre elle m'offre un autre
[homme.

ARISTE

Un autre homme pour gendre!

CHRYSALE

Un autre.

---

1. L'issue, le résultat.

ARISTE

Qui se nomme ?

CHRYSALE

Monsieur Trissotin.

ARISTE

Quoi ? ce Monsieur Trissotin...

CHRYSALE

650 Oui, qui parle toujours de vers et de latin.

ARISTE

Vous l'avez accepté ?

CHRYSALE

Moi, point, à Dieu ne plaise.

ARISTE

Qu'avez-vous répondu ?

CHRYSALE

Rien ; et je suis bien aise
De n'avoir point parlé, pour ne m'engager pas.

ARISTE

La raison est fort belle, et c'est faire un grand pas.
655 Avez-vous su du moins lui proposer Clitandre ?

CHRYSALE

Non ; car, comme j'ai su qu'on parlait d'autre gendre,
J'ai cru qu'il était mieux de ne m'avancer point.

ARISTE

Certes, votre prudence est rare au dernier point !
N'avez-vous point de honte avec votre mollesse ?
660 Et se peut-il qu'un homme ait assez de faiblesse
Pour laisser à sa femme un pouvoir absolu,
Et n'oser attaquer ce qu'elle a résolu ?

CHRYSALE

Mon Dieu ! vous en parlez, mon frère, bien à l'aise,
Et vous ne savez pas comme le bruit me pèse.
665 J'aime fort le repos, la paix, et la douceur,
Et ma femme est terrible avecque son humeur.
Du nom de philosophe elle fait grand mystère ;
Mais elle n'en est pas pour cela moins colère ;
Et sa morale, faite à mépriser le bien,
670 Sur l'aigreur de sa bile opère comme rien[1].
Pour peu que l'on s'oppose à ce que veut sa tête,
On en a pour huit jours d'effroyable tempête.
Elle me fait trembler dès qu'elle prend son ton ;
Je ne sais où me mettre, et c'est un vrai dragon ;
675 Et cependant, avec toute sa diablerie,
Il faut que je l'appelle et « mon cœur » et « ma mie ».

ARISTE

Allez, c'est se moquer. Votre femme, entre nous,
Est par vos lâchetés[2] souveraine sur vous.
Son pouvoir n'est fondé que sur votre faiblesse,
680 C'est de vous qu'elle prend le titre de maîtresse ;
Vous-même à ses hauteurs[3] vous vous abandonnez,

———————

1. Sa morale, qui l'incite à mépriser les biens du monde, n'agit en
rien sur son tempérament colérique.
2. Du fait de vos lâchetés.
3. Décisions hautaines.

Et vous faites mener en bête par le nez.
Quoi? vous ne pouvez pas, voyant comme on vous nomme,
Vous résoudre une fois à vouloir être un homme?
685 À faire condescendre une femme à vos vœux,
Et prendre assez de cœur pour dire un: «Je le veux»?
Vous laisserez sans honte immoler votre fille
Aux folles visions qui tiennent la famille,
Et de tout votre bien[1] revêtir un nigaud,
690 Pour six mots de latin qu'il leur[2] fait sonner haut,
Un pédant qu'à tous coups votre femme apostrophe
Du nom de bel esprit, et de grand philosophe,
D'homme qu'en vers galants jamais on n'égala,
Et qui n'est, comme on sait, rien moins que tout cela?
695 Allez, encor un coup, c'est une moquerie,
Et votre lâcheté mérite qu'on en rie.

CHRYSALE

Oui, vous avez raison, et je vois que j'ai tort.
Allons, il faut enfin montrer un cœur plus fort,
Mon frère.

ARISTE

　　　　C'est bien dit.

CHRYSALE

　　　　　　　　C'est une chose infâme[3]
700 Que d'être si soumis au pouvoir d'une femme.

ARISTE

Fort bien.

---

1. Richesse.
2. Pour la famille (v. 688).
3. Honteuse.

CHRYSALE

De ma douceur elle a trop profité.

ARISTE

Il est vrai.

CHRYSALE

Trop joui de ma facilité.

ARISTE

Sans doute.

CHRYSALE

    Et je lui veux faire aujourd'hui connaître
Que ma fille est ma fille, et que j'en suis le maître
705 Pour lui prendre[1] un mari qui soit selon mes vœux.

ARISTE

Vous voilà raisonnable, et comme je vous veux.

CHRYSALE

Vous êtes pour Clitandre, et savez sa demeure :
Faites-le-moi venir, mon frère, tout à l'heure[2].

ARISTE

J'y cours tout de ce pas.

CHRYSALE

      C'est souffrir trop longtemps,
710 Et je m'en vais être homme à la barbe des gens.

_____

1. Choisir.
2. Immédiatement.

Acte III

Scène I

PHILAMINTE, ARMANDE, BÉLISE,
TRISSOTIN, L'ÉPINE

PHILAMINTE

Ah ! mettons-nous ici, pour écouter à l'aise
Ces vers que mot à mot il est besoin qu'on pèse.

ARMANDE

Je brûle de les voir.

BÉLISE

              Et l'on s'en meurt chez nous.

PHILAMINTE

Ce sont charmes[1] pour moi que ce qui part de vous.

ARMANDE

715 Ce m'est une douceur à nulle autre pareille.

---

1. Sortilèges.

BÉLISE

Ce sont repas friands[1] qu'on donne à mon oreille.

PHILAMINTE

Ne faites point languir de si pressants désirs.

ARMANDE

Dépêchez.

BÉLISE

Faites tôt, et hâtez nos plaisirs.

PHILAMINTE

À notre impatience offrez votre épigramme[2].

TRISSOTIN

720 Hélas ! c'est un enfant tout nouveau-né, Madame.
Son sort assurément a lieu de vous toucher,
Et c'est dans votre cour, que j'en viens d'accoucher.

PHILAMINTE

Pour me le rendre cher, il suffit de son père.

TRISSOTIN

Votre approbation lui peut servir de mère.

BÉLISE

Qu'il a d'esprit !

---

1. Délicieux.
2. Court poème satirique.

Scène 2

HENRIETTE, PHILAMINTE, ARMANDE,
BÉLISE, TRISSOTIN, L'ÉPINE

PHILAMINTE

725   Holà ! pourquoi donc fuyez-vous ?

HENRIETTE

C'est de peur de troubler un entretien si doux.

PHILAMINTE

Approchez, et venez, de toutes vos oreilles,
Prendre part au plaisir d'entendre des merveilles.

HENRIETTE

Je sais peu les beautés de tout ce qu'on écrit,
730 Et ce n'est pas mon fait[1] que les choses d'esprit.

PHILAMINTE

Il n'importe : aussi bien ai-je à vous dire ensuite
Un secret dont il faut que vous soyez instruite.

TRISSOTIN

Les sciences n'ont rien qui vous puisse enflammer,
Et vous ne vous piquez que de savoir charmer.

HENRIETTE

735 Aussi peu l'un que l'autre, et je n'ai nulle envie…

---

1. Mon affaire.

BÉLISE

Ah ! songeons à l'enfant nouveau-né, je vous prie.

PHILAMINTE

Allons, petit garçon, vite de quoi s'asseoir.

Le laquais tombe avec la chaise.

Voyez l'impertinent ! Est-ce que l'on doit choir,
Après avoir appris l'équilibre des choses ?

BÉLISE

740 De ta chute, ignorant, ne vois-tu pas les causes,
Et qu'elle vient d'avoir du point fixe écarté
Ce que nous appelons centre de gravité ?

L'ÉPINE

Je m'en suis aperçu, Madame, étant par terre.

PHILAMINTE

Le lourdaud !

TRISSOTIN

Bien lui prend de n'être pas de verre.

ARMANDE

Ah ! de l'esprit partout !

BÉLISE

745   Cela ne tarit pas.

PHILAMINTE

Servez-nous promptement votre aimable repas[1].

---

1. Voir la métaphore introduite au vers 716.

TRISSOTIN

Pour cette grande faim qu'à mes yeux on expose,
Un plat seul de huit vers me semble peu de chose,
Et je pense qu'ici je ne ferai pas mal
750 De joindre à l'épigramme, ou bien au madrigal[1],
Le ragoût d'un sonnet, qui chez une princesse
A passé pour avoir quelque délicatesse.
Il est de sel attique[2] assaisonné partout,
Et vous le trouverez, je crois, d'assez bon goût.

ARMANDE

Ah ! je n'en doute point.

PHILAMINTE

755   Donnons vite audience.

BÉLISE

          À chaque fois qu'il veut lire, elle l'inter-
          rompt.

Je sens d'aise mon cœur tressaillir par avance.
J'aime la poésie avec entêtement,
Et surtout quand les vers sont tournés galamment.

PHILAMINTE

Si nous parlons toujours, il ne pourra rien dire.

TRISSOTIN

SO...

_____

1. Poème amoureux. L'épigramme et le madrigal sont donc plutôt des genres antithétiques...
2. D'un humour fin et subtil, comme celui des poètes grecs de l'Antiquité.

BÉLISE

760   Silence ! ma nièce.

TRISSOTIN

SONNET À LA PRINCESSE URANIE SUR SA FIÈVRE

> *Votre prudence est endormie,*
> *De traiter magnifiquement,*
> *Et de loger superbement* [1]
> *Votre plus cruelle ennemie.*

BÉLISE

Ah ! le joli début !

ARMANDE

765   Qu'il a le tour galant !

PHILAMINTE

Lui seul des vers aisés possède le talent !

ARMANDE

À *prudence endormie* il faut rendre les armes.

BÉLISE

Loger son ennemie est pour moi plein de charmes.

PHILAMINTE

J'aime *superbement* et *magnifiquement* :
770   Ces deux adverbes joints font admirablement.

BÉLISE

Prêtons l'oreille au reste.

---

1. Recevoir à table avec prodigalité.

TRISSOTIN

Votre prudence est endormie,
De traiter magnifiquement,
Et de loger superbement
Votre plus cruelle ennemie.

ARMANDE

Prudence endormie !

BÉLISE

Loger son ennemie !

PHILAMINTE

Superbement et magnifiquement !

TRISSOTIN

Faites-la sortir, quoi qu'on die [1],
De votre riche appartement,
Où cette ingrate insolemment
775   *Attaque votre belle vie.*

BÉLISE

Ah ! tout doux, laissez-moi, de grâce, respirer.

ARMANDE

Donnez-nous, s'il vous plaît, le loisir d'admirer.

PHILAMINTE

On se sent à ces vers, jusques au fond de l'âme,
Couler je ne sais quoi qui fait que l'on se pâme.

---

1. Dise.

ARMANDE

Faites-la sortir, quoi qu'on die,
De votre riche appartement.
780 Que *riche appartement* est là joliment dit !
Et que la métaphore est mise avec esprit !

PHILAMINTE

Faites-la sortir, quoi qu'on die,
Ah ! que ce *quoi qu'on die* est d'un goût admirable !
C'est, à mon sentiment, un endroit impayable.

ARMANDE

De *quoi qu'on die* aussi mon cœur est amoureux.

BÉLISE

785 Je suis de votre avis, *quoi qu'on die* est heureux.

ARMANDE

Je voudrais l'avoir fait.

BÉLISE

Il vaut toute une pièce.

PHILAMINTE

Mais en comprend-on bien, comme moi, la finesse ?

ARMANDE ET BÉLISE

Oh, oh !

PHILAMINTE

Faites-la sortir, quoi qu'on die :
Que de la fièvre, on prenne ici les intérêts :
N'ayez aucun égard, moquez-vous des caquets [1].

---

1. Moqueries.

>   *Faites-la sortir, quoi qu'on die :*
>   *Quoi qu'on die, quoi qu'on die.*

790 Ce *quoi qu'on die* en dit beaucoup plus qu'il ne semble.
Je ne sais pas, pour moi, si chacun me ressemble ;
Mais j'entends là-dessous un million de mots.

BÉLISE

Il est vrai qu'il dit plus de choses qu'il n'est gros.

PHILAMINTE

Mais quand vous avez fait ce charmant *quoi qu'on die,*
795 Avez-vous compris, vous, toute son énergie[1] ?
Songiez-vous bien vous-même à tout ce qu'il nous dit,
Et pensiez-vous alors y mettre tant d'esprit ?

TRISSOTIN

Hay, hay.

ARMANDE

>   J'ai fort aussi l'*ingrate* dans la tête :
Cette ingrate de fièvre, injuste, malhonnête,
800 Qui traite mal les gens qui la logent chez eux.

PHILAMINTE

Enfin les quatrains sont admirables tous deux.
Venons-en promptement aux tierces, je vous prie.

ARMANDE

Ah ! s'il vous plaît, encore une fois *quoi qu'on die.*

TRISSOTIN

>   *Faites-la sortir, quoi qu'on die,*

---

1. Puissance évocatrice.

PHILAMINTE, ARMANDE ET BÉLISE

Quoi qu'on die !

TRISSOTIN

De votre riche appartement,

PHILAMINTE, ARMANDE ET BÉLISE

Riche appartement !

TRISSOTIN

Où cette ingrate insolemment

PHILAMINTE, ARMANDE ET BÉLISE

Cette *ingrate* de fièvre !

TRISSOTIN

Attaque votre belle vie.

PHILAMINTE

Votre belle vie !

ARMANDE ET BÉLISE

Ah !

TRISSOTIN

Quoi ? sans respecter votre rang,
Elle se prend à votre sang,

PHILAMINTE, ARMANDE ET BÉLISE

Ah !

TRISSOTIN

Et nuit et jour vous fait outrage !

> *Si vous la conduisez aux bains,*
> *Sans la marchander [1] davantage,*
> *Noyez-la de vos propres mains.*

PHILAMINTE

On n'en peut plus.

BÉLISE

On pâme.

ARMANDE

810   On se meurt de plaisir.

PHILAMINTE

De mille doux frissons vous vous sentez saisir.

ARMANDE

Si vous la conduisez aux bains,

BÉLISE

Sans la marchander davantage,

PHILAMINTE

Noyez-la de vos propres mains :
De vos propres mains, là, noyez-la dans les bains.

ARMANDE

Chaque pas dans vos vers rencontre un trait charmant.

BÉLISE

Partout on s'y promène avec ravissement.

---

1. Sans la faire attendre.

PHILAMINTE

815 On n'y saurait marcher que sur de belles choses.

ARMANDE

Ce sont petits chemins tout parsemés de roses.

TRISSOTIN

Le sonnet donc vous semble…

PHILAMINTE

                    Admirable, nouveau,
Et personne jamais n'a rien fait de si beau.

BÉLISE

Quoi ? sans émotion pendant cette lecture ?
820 Vous faites là, ma nièce, une étrange[1] figure !

HENRIETTE

Chacun fait ici-bas la figure qu'il peut,
Ma tante, et bel esprit, il ne l'est pas qui veut.

TRISSOTIN

Peut-être que mes vers importunent Madame.

HENRIETTE

Point : je n'écoute pas.

PHILAMINTE

                    Ah ! voyons l'épigramme.

TRISSOTIN

SUR UN CARROSSE DE COULEUR AMARANTE,
DONNÉ À UNE DAME DE SES AMIES

---

1. Choquante.

PHILAMINTE

825   Ces titres ont toujours quelque chose de rare.

ARMANDE

À cent beaux traits d'esprit leur nouveauté prépare.

TRISSOTIN

L'Amour si chèrement m'a vendu son lien,

BÉLISE, ARMANDE ET PHILAMINTE

Ah !

TRISSOTIN

> *Qu'il m'en coûte déjà la moitié de mon bien,*
> > *Et quand tu vois ce beau carrosse,*
> > *Où tant d'or se relève en bosse*
830
> > *Qu'il étonne tout le pays,*
> *Et fait pompeusement triompher ma Laïs,*

PHILAMINTE

Ah ! *ma Laïs* ! voilà de l'érudition.

BÉLISE

L'enveloppe est jolie, et vaut un million.

TRISSOTIN

> > *Et quand tu vois ce beau carrosse,*
> > *Où tant d'or se relève en bosse*
> > *Qu'il étonne tout le pays,*
> *Et fait pompeusement triompher ma Laïs,*
835
> > *Ne dis plus qu'il est amarante :*
> > *Dis plutôt qu'il est de ma rente.*

ARMANDE

Oh, oh, oh! celui-là[1] ne s'attend point du tout.

PHILAMINTE

On n'a que lui qui puisse écrire de ce goût.

BÉLISE

Ne dis plus qu'il est amarante :
Dis plutôt qu'il est de ma rente.
Voilà qui se décline : *ma rente, de ma rente, à ma rente.*

PHILAMINTE

Je ne sais, du moment que[2] je vous ai connu,
840 Si sur votre sujet[3] j'ai l'esprit prévenu,
Mais j'admire partout vos vers et votre prose.

TRISSOTIN

Si vous vouliez de vous nous montrer quelque chose,
À notre tour aussi nous pourrions admirer.

PHILAMINTE

Je n'ai rien fait en vers, mais j'ai lieu d'espérer
845 Que je pourrai bientôt vous montrer, en amie,
Huit chapitres du plan de notre académie.
Platon s'est au projet simplement arrêté,
Quand de sa République il a fait le traité ;
Mais à l'effet entier[4] je veux pousser l'idée
850 Que j'ai sur le papier en prose accommodée.
Car enfin je me sens un étrange dépit

---

1. Armande parle de la pointe de l'épigramme.
2. Depuis le moment où.
3. À votre sujet.
4. À son entier développement.

Du tort que l'on nous fait du côté de l'esprit,
Et je veux nous venger, toutes tant que nous sommes,
De cette indigne classe où nous rangent les hommes,
855 De borner nos talents à des futilités,
Et nous fermer la porte aux sublimes clartés.

ARMANDE

C'est faire à notre sexe une trop grande offense,
De n'étendre l'effort de notre intelligence
Qu'à juger d'une jupe et de l'air d'un manteau,
860 Ou des beautés d'un point, ou d'un brocart nouveau.

BÉLISE

Il faut se relever de ce honteux partage,
Et mettre hautement notre esprit hors de page[1].

TRISSOTIN

Pour les dames on sait mon respect en tous lieux ;
Et, si je rends hommage aux brillants de leurs yeux,
865 De leur esprit aussi j'honore les lumières.

PHILAMINTE

Le sexe[2] aussi vous rend justice en ces matières ;
Mais nous voulons montrer à de certains esprits,
Dont l'orgueilleux savoir nous traite avec mépris,
Que de science aussi les femmes sont meublées ;
870 Qu'on peut faire comme eux de doctes assemblées,
Conduites en cela par des ordres meilleurs,
Qu'on y veut réunir ce qu'on sépare ailleurs,
Mêler le beau langage et les hautes sciences,
Découvrir la nature en mille expériences,

---

1. Hors de l'état du page, c'est-à-dire quitter un état subalterne.
2. Le « beau sexe », c'est-à-dire les femmes.

875 Et sur les questions qu'on pourra proposer
Faire entrer chaque secte, et n'en point épouser[1].

TRISSOTIN

Je m'attache pour l'ordre au péripatétisme[2].

PHILAMINTE

Pour les abstractions, j'aime le platonisme[3].

ARMANDE

Épicure me plaît, et ses dogmes sont forts.

BÉLISE

880 Je m'accommode assez pour moi des petits corps ;
Mais le vuide à souffrir me semble difficile,
Et je goûte bien mieux la matière subtile[4].

TRISSOTIN

Descartes pour l'aimant donne fort dans mon sens.

ARMANDE

J'aime ses tourbillons[5].

PHILAMINTE

Moi, ses mondes tombants[6].

---

1. Convoquer chaque école de pensée sans nécessairement trancher. C'est ce que font Philaminte et Armande juste après.
2. Doctrine d'Aristote, philosophe grec.
3. Doctrine de Platon, philosophe grec.
4. La théorie cartésienne de la matière récuse le vide qui résulte
nécessairement de l'existence des atomes. La « matière subtile » est donc
la parade théorique choisie par Descartes pour désigner la plupart des
phénomènes physiques (lumière, magnétisme, pesanteur, etc.).
5. Il s'agit en fait des orbites elliptiques suivies par les corps célestes
sous l'effet de la gravitation.
6. Il s'agit des comètes et des météorites.

ARMANDE

885 Il me tarde de voir notre assemblée ouverte,
Et de nous signaler par quelque découverte.

TRISSOTIN

On en attend beaucoup de vos vives clartés,
Et pour vous la nature a peu d'obscurités.

PHILAMINTE

Pour moi, sans me flatter, j'en ai déjà fait une
890 Et j'ai vu clairement des hommes dans la lune.

BÉLISE

Je n'ai point encor vu d'hommes, comme je crois ;
Mais j'ai vu des clochers tout comme je vous vois.

ARMANDE

Nous approfondirons, ainsi que la physique,
Grammaire, histoire, vers, morale et politique.

PHILAMINTE

895 La morale a des traits dont mon cœur est épris,
Et c'était autrefois l'amour des grands esprits ;
Mais aux Stoïciens je donne l'avantage,
Et je ne trouve rien de si beau que leur sage.

ARMANDE

Pour la langue, on verra dans peu[1] nos règlements,
900 Et nous y prétendons faire des remuements.
Par une antipathie ou juste, ou naturelle[2],
Nous avons pris chacune une haine mortelle

---

1. Sous peu.
2. Ou bien fondée sur la réflexion, ou bien sur le sens instinctif.

Pour un nombre de mots, soit ou verbes ou noms,
Que mutuellement nous nous abandonnons ;
905 Contre eux nous préparons de mortelles sentences,
Et nous devons ouvrir nos doctes conférences
Par les proscriptions de tous ces mots divers
Dont nous voulons purger et la prose et les vers.

PHILAMINTE

Mais le plus beau projet de notre académie,
910 Une entreprise noble, et dont je suis ravie,
Un dessein plein de gloire, et qui sera vanté
Chez tous les beaux esprits de la postérité,
C'est le retranchement de ces syllabes sales,
Qui dans les plus beaux mots produisent des scandales,
915 Ces jouets éternels des sots de tous les temps,
Ces fades lieux communs de nos méchants plaisants,
Ces sources d'un amas d'équivoques infâmes,
Dont on vient faire insulte à la pudeur des femmes.

TRISSOTIN

Voilà certainement d'admirables projets !

BÉLISE

920 Vous verrez nos statuts, quand ils seront tous faits.

TRISSOTIN

Ils ne sauraient manquer d'être tous beaux et sages.

ARMANDE

Nous serons par nos lois les juges des ouvrages ;
Par nos lois, prose et vers, tout nous sera soumis ;
Nul n'aura de l'esprit hors nous et nos amis ;
925 Nous chercherons partout à trouver à redire,
Et ne verrons que nous qui sache bien écrire.

Scène 3

L'ÉPINE, TRISSOTIN, PHILAMINTE, BÉLISE, ARMANDE, HENRIETTE, VADIUS

L'ÉPINE

Monsieur, un homme est là qui veut parler à vous ;
Il est vêtu de noir, et parle d'un ton doux.

TRISSOTIN

C'est cet ami savant qui m'a fait tant d'instance [1]
930 De lui donner l'honneur de votre connaissance.

PHILAMINTE

Pour le faire venir vous avez tout crédit.
Faisons bien les honneurs au moins de notre esprit.
Holà ! Je vous ai dit en paroles bien claires,
Que j'ai besoin de vous.

HENRIETTE

                    Mais pour quelles affaires ?

PHILAMINTE

935 Venez, on va dans peu vous les faire savoir.

TRISSOTIN

Voici l'homme qui meurt du désir de vous voir.
En vous le produisant [2], je ne crains point le blâme

---

1. Qui m'a demandé si instamment.
2. En vous le présentant.

D'avoir admis chez vous un profane, Madame :
Il peut tenir son coin[1] parmi de beaux esprits.

PHILAMINTE

940 La main qui le présente en dit assez le prix.

TRISSOTIN

Il a des vieux auteurs la pleine intelligence,
Et sait du grec, Madame, autant qu'homme de France.

PHILAMINTE

Du grec, ô Ciel ; du grec ! Il sait du grec, ma sœur !

BÉLISE

Ah ! ma nièce, du grec !

ARMANDE

Du grec ! quelle douceur !

PHILAMINTE

945 Quoi ? Monsieur sait du grec ? Ah ! permettez, de grâce,
Que pour l'amour du grec, Monsieur, on vous embrasse.

Il les baise toutes, jusques à Henriette, qui
le refuse.

HENRIETTE

Excusez-moi, Monsieur, je n'entends pas le grec.

PHILAMINTE

J'ai pour les livres grecs un merveilleux respect.

---

1. Être un bon convive.

VADIUS

Je crains d'être fâcheux[1] par l'ardeur qui m'engage
950 À vous rendre aujourd'hui, Madame, mon hommage
Et j'aurai pu troubler quelque docte entretien.

PHILAMINTE

Monsieur, avec du grec on ne peut gâter rien.

TRISSOTIN

Au reste, il fait merveille en vers ainsi qu'en prose,
Et pourrait, s'il voulait, vous montrer quelque chose.

VADIUS

955 Le défaut des auteurs, dans leurs productions,
C'est d'en tyranniser les conversations,
D'être au Palais, au Cours, aux ruelles, aux tables[2],
De leurs vers fatigants lecteurs infatigables.
Pour moi, je ne vois rien de plus sot à mon sens
960 Qu'un auteur qui partout va gueuser des encens[3],
Qui des premiers venus saisissant les oreilles,
En fait le plus souvent les martyrs de ses veilles[4].
On ne m'a jamais vu ce fol entêtement :
Et d'un Grec là-dessus je suis le sentiment,
965 Qui, par un dogme exprès, défend à tous ses sages
L'indigne empressement de lire leurs ouvrages.
Voici de petits vers pour de jeunes amants,
Sur quoi je voudrais bien avoir vos sentiments.

---

1. Importun.
2. Sur les lieux de promenade, dans les salons où l'on reçoit, aux tables des repas.
3. Mendier (comme un gueux) des louanges.
4. Les victimes des nuits qu'il a passées à écrire.

TRISSOTIN

Vos vers ont des beautés que n'ont point tous les autres.

VADIUS

970 Les Grâces et Vénus règnent dans tous les vôtres.

TRISSOTIN

Vous avez le tour libre, et le beau choix des mots.

VADIUS

On voit partout chez vous l'*ithos* et le *pathos*[1].

TRISSOTIN

Nous avons vu de vous les églogues[2] d'un style
Qui passe en doux attraits Théocrite et Virgile.

VADIUS

975 Vos odes ont un air noble, galant et doux,
Qui laisse de bien loin votre Horace après vous.

TRISSOTIN

Est-il rien d'amoureux comme vos chansonnettes ?

VADIUS

Peut-on voir rien d'égal aux sonnets que vous faites ?

TRISSOTIN

Rien qui soit plus charmant que vos petits rondeaux ?

---

1. Les effets rhétoriques (les termes proviennent d'Aristote) sus-
cités par l'orateur, en vue de créer des émotions sur l'auditoire.
2. Poèmes pastoraux dont le genre a été illustré par Théocrite et
Virgile.

VADIUS

980 Rien de si plein d'esprit que tous vos madrigaux ?

TRISSOTIN

Aux ballades[1] surtout vous êtes admirable.

VADIUS

Et dans les bouts-rimés[2] je vous trouve adorable.

TRISSOTIN

Si la France pouvait connaître votre prix...

VADIUS

Si le siècle rendait justice aux beaux esprits...

TRISSOTIN

985 En carrosse doré vous iriez par les rues.

VADIUS

On verrait le public vous dresser des statues.
Hom ! C'est une ballade, et je veux que tout net
Vous m'en...

TRISSOTIN

      Avez-vous vu certain petit sonnet
Sur la fièvre qui tient la princesse Uranie ?

VADIUS

990 Oui, hier il me fut lu dans une compagnie.

---

1. Genre de la poésie médiévale, souvent associé à des thèmes courtois.
2. Genre de poésie typique des salons mondains.

TRISSOTIN

Vous en savez l'auteur ?

VADIUS

                    Non : mais je sais fort bien
Qu'à ne le point flatter[1] son sonnet ne vaut rien.

TRISSOTIN

Beaucoup de gens pourtant le trouvent admirable.

VADIUS

Cela n'empêche pas qu'il ne soit misérable
995 Et, si vous l'avez vu, vous serez de mon goût.

TRISSOTIN

Je sais que là-dessus je n'en suis point du tout,
Et que d'un tel sonnet peu de gens sont capables.

VADIUS

Me préserve le Ciel d'en faire de semblables !

TRISSOTIN

Je soutiens qu'on ne peut en faire de meilleur :
1000 Et ma grande raison, c'est que j'en suis l'auteur.

VADIUS

Vous !

TRISSOTIN

        Moi.

VADIUS

            Je ne sais donc comment se fit l'affaire.

---

1. Sans vouloir le flatter.

TRISSOTIN

C'est qu'on fut malheureux de ne pouvoir vous plaire.

VADIUS

Il faut qu'en écoutant j'aie eu l'esprit distrait,
Ou bien que le lecteur m'ait gâté le sonnet.
1005 Mais laissons ce discours et voyons ma ballade.

TRISSOTIN

La ballade, à mon goût, est une chose fade.
Ce n'en est plus la mode : elle sent son vieux temps.

VADIUS

La ballade pourtant charme beaucoup de gens.

TRISSOTIN

Cela n'empêche pas qu'elle ne me déplaise.

VADIUS

1010 Elle n'en reste pas pour cela plus mauvaise.

TRISSOTIN

Elle a pour les pédants de merveilleux appas.

VADIUS

Cependant nous voyons qu'elle ne vous plaît pas.

TRISSOTIN

Vous donnez sottement vos qualités aux autres.

VADIUS

Fort impertinemment vous me jetez les vôtres.

TRISSOTIN

1015 Allez, petit grimaud[1], barbouilleur de papier.

VADIUS

Allez, rimeur de balle[2], opprobre du métier.

TRISSOTIN

Allez, fripier d'écrits[3], impudent plagiaire.

VADIUS

Allez, cuistre[4]…

PHILAMINTE

Eh ! Messieurs, que prétendez-vous faire ?

TRISSOTIN

Va, va restituer tous les honteux larcins
1020 Que réclament sur toi les Grecs et les Latins.

VADIUS

Va, va-t'en faire amende honorable au Parnasse
D'avoir fait à tes vers[5] estropier Horace.

TRISSOTIN

Souviens-toi de ton livre et de son peu de bruit.

VADIUS

Et toi, de ton libraire à l'hôpital réduit[6].

---

1. Jeune écolier.
2. Rimeur de pacotille.
3. Un fripier avait pour métier de revendre des vieux habits.
4. Le cuistre désignait à l'origine un valet de cuisine employé dans les collèges.
5. Fait dans tes vers.
6. Ton libraire, réduit à séjourner à l'hospice (car ruiné).

TRISSOTIN

1025 Ma gloire est établie : en vain tu la déchires.

VADIUS

Oui, oui, je te renvoie à l'auteur des *Satires*[1].

TRISSOTIN

Je t'y renvoie aussi.

VADIUS

J'ai le contentement
Qu'on voit qu'il m'a traité plus honorablement :
Il me donne, en passant, une atteinte légère,
1030 Parmi plusieurs auteurs qu'au Palais on révère :
Mais jamais, dans ses vers, il ne te laisse en paix,
Et l'on t'y voit partout être en butte à ses traits.

TRISSOTIN

C'est par-là que j'y tiens un rang plus honorable.
Il te met dans la foule, ainsi qu'un misérable.
1035 Il croit que c'est assez d'un coup pour t'accabler,
Et ne t'a jamais fait l'honneur de redoubler :
Mais il m'attaque à part, comme un noble aversaire[2]
Sur qui tout son effort lui semble nécessaire :
Et ses coups contre moi redoublés en tous lieux
1040 Montrent qu'il ne se croit jamais victorieux.

VADIUS

Ma plume t'apprendra quel homme je puis être.

―――――――――

1. Références à Boileau dont les premières des *Satires* paraissent en
1666. Vadius et Trissotin donnent ici eux-mêmes la clef permettant
d'identifier à travers eux Ménage et l'abbé Cotin.
2. Autre orthographe d'usage, chez Molière, d'« adversaire ».

TRISSOTIN

Et la mienne saura te faire voir ton maître.

VADIUS

Je te défie en vers, prose, grec, et latin.

TRISSOTIN

Hé bien, nous nous verrons seul à seul chez Barbin[1].

Scène 4

TRISSOTIN, PHILAMINTE, ARMANDE,
BÉLISE, HENRIETTE

TRISSOTIN

1045 À mon emportement ne donnez aucun blâme :
C'est votre jugement que je défends, Madame,
Dans le sonnet qu'il a l'audace d'attaquer.

PHILAMINTE

À vous remettre bien[2] je me veux appliquer.
Mais parlons d'autre affaire. Approchez, Henriette.
1050 Depuis assez longtemps mon âme s'inquiète
De ce qu'aucun esprit en vous ne se fait voir,
Mais je trouve un moyen de vous en faire avoir.

---

1. Barbin est à l'époque de Molière l'un des plus importants libraires éditeurs de Paris. Il participe d'ailleurs à l'édition de 1682 des œuvres de Molière. C'est également chez lui que paraît anonymement, en 1678, *La Princesse de Clèves*.
2. Vous réconcilier.

HENRIETTE

C'est prendre un soin pour moi qui n'est pas nécessaire :
Les doctes entretiens ne sont point mon affaire ;
1055 J'aime à vivre aisément[1], et, dans tout ce qu'on dit,
Il faut se trop peiner pour avoir de l'esprit.
C'est une ambition que je n'ai point en tête ;
Je me trouve fort bien, ma mère, d'être bête,
Et j'aime mieux n'avoir que de communs propos,
1060 Que de me tourmenter pour dire de beaux mots.

PHILAMINTE

Oui, mais j'y suis blessée[2], et ce n'est pas mon conte
De souffrir dans mon sang une pareille honte.
La beauté du visage est un frêle ornement,
Une fleur passagère, un éclat d'un moment,
1065 Et qui n'est attaché qu'à la simple épiderme ;
Mais celle de l'esprit est inhérente[3] et ferme.
J'ai donc cherché longtemps un biais de vous donner
La beauté que les ans ne peuvent moissonner,
De faire entrer chez vous le désir des sciences,
1070 De vous insinuer les belles connaissances ;
Et la pensée enfin où mes vœux ont souscrit,
C'est d'attacher à vous un homme plein d'esprit ;
Et cet homme est Monsieur, que je vous détermine
À voir[4] comme l'époux que mon choix vous destine.

HENRIETTE

Moi, ma mère ?

---

1. Sans contraintes.
2. Je suis blessée par votre attitude.
3. La beauté de l'esprit est intérieure.
4. Que je vous ordonne de voir.

PHILAMINTE

1075   Oui, vous. Faites la sotte un peu.

BÉLISE

Je vous entends : vos yeux demandent mon aveu,
Pour engager ailleurs un cœur que je possède.
Allez, je le veux bien. À ce nœud je vous cède :
C'est un hymen qui fait votre établissement.

TRISSOTIN

1080 Je ne sais que vous dire en mon ravissement,
Madame, et cet hymen dont je vois qu'on m'honore
Me met...

HENRIETTE

              Tout beau, Monsieur, il n'est pas fait encore :
Ne vous pressez pas tant.

PHILAMINTE

                      Comme vous répondez !
Savez-vous bien que si... Suffit, vous m'entendez.
1085 Elle se rendra sage ; allons, laissons-la faire.

Scène 5

HENRIETTE, ARMANDE

ARMANDE

On voit briller pour vous les soins de notre mère,
Et son choix ne pouvait d'un plus illustre époux...

HENRIETTE

Si le choix est si beau, que ne le prenez-vous ?

ARMANDE

C'est à vous, non à moi, que sa main est donnée.

HENRIETTE

1090 Je vous le cède tout, comme à ma sœur aînée.

ARMANDE

Si l'hymen, comme à vous, me paraissait charmant,
J'accepterais votre offre avec ravissement.

HENRIETTE

Si j'avais, comme vous, les pédants dans la tête,
Je pourrais le trouver un parti fort honnête.

ARMANDE

1095 Cependant, bien qu'ici nos goûts soient différents,
Nous devons obéir, ma sœur, à nos parents :
Une mère a sur nous une entière puissance,
Et vous croyez en vain par votre résistance…

Scène 6

CHRYSALE, ARISTE, CLITANDRE,
HENRIETTE, ARMANDE

CHRYSALE

Allons, ma fille, il faut approuver mon dessein :
1100 Ôtez ce gant ; touchez à Monsieur dans la main[1],

---

1. Ce geste sert de promesse de mariage.

Et le considérez désormais dans votre âme
En homme dont je veux que vous soyez la femme.

ARMANDE

De ce côté, ma sœur, vos penchants sont fort grands.

HENRIETTE

Il nous faut obéir, ma sœur, à nos parents.
1105 Un père a sur nos vœux une entière puissance.

ARMANDE

Une mère a sa part à notre obéissance.

CHRYSALE

Qu'est-ce à dire?

ARMANDE

        Je dis que j'appréhende fort
Qu'ici ma mère et vous ne soyez pas d'accord;
Et c'est un autre époux…

CHRYSALE

        Taisez-vous, péronnelle!
1110 Allez philosopher tout le soûl avec elle,
Et de mes actions ne vous mêlez en rien.
Dites-lui ma pensée, et l'avertissez[1] bien
Qu'elle ne vienne pas m'échauffer les oreilles:
Allons vite.

ARISTE

        Fort bien: vous faites des merveilles.

---

1. Avertissez-la.

CLITANDRE

1115 Quel transport ! quelle joie ! ah ! que mon sort est doux !

CHRYSALE

Allons, prenez sa main, et passez devant nous,
Menez-la dans sa chambre. Ah ! les douces caresses !
Tenez, mon cœur s'émeut à toutes ces tendresses,
Cela ragaillardit tout à fait mes vieux jours,
1120 Et je me ressouviens de mes jeunes amours.

Acte IV

Scène I

ARMANDE, PHILAMINTE

ARMANDE

Oui, rien n'a retenu son esprit en balance[1] :
Elle[2] a fait vanité de son obéissance,
Son cœur, pour se livrer, à peine devant moi
S'est-il donné le temps d'en recevoir la loi,
1125 Et semblait suivre moins les volontés d'un père
Qu'affecter de braver les ordres d'une mère.

PHILAMINTE

Je lui montrerai bien aux lois de qui des deux
Les droits de la raison soumettent tous ses vœux.
Et qui doit gouverner, ou sa mère ou son père,
1130 Ou l'esprit ou le corps, la forme ou la matière[3].

---

1. Rien ne l'a empêché de demeurer indécise.
2. Armande parle de sa sœur Henriette, en dénonçant la facilité avec laquelle celle-ci a feint de suivre l'ordre de son père.
3. On considérait à l'époque que dans la procréation la femme fournissait la matière et l'homme, la forme. Ici, Philaminte inverse donc les rapports.

ARMANDE

On vous en devait bien au moins un compliment;
Et ce petit Monsieur en use étrangement,
De vouloir malgré vous devenir votre gendre.

PHILAMINTE

Il n'en est pas encor où son cœur peut prétendre.
1135 Je le trouvais bien fait, et j'aimais vos amours;
Mais dans ses procédés il m'a déplu toujours.
Il sait que, Dieu merci, je me mêle d'écrire,
Et jamais il ne m'a prié de lui rien lire.

Scène 2

CLITANDRE, ARMANDE, PHILAMINTE

ARMANDE

Je ne souffrirais point, si j'étais que de vous[1],
1140 Que jamais d'Henriette il pût être l'époux.
On me ferait grand tort d'avoir quelque pensée
Que là-dessus je parle en fille intéressée,
Et que le lâche tour que l'on voit qu'il me fait
Jette au fond de mon cœur quelque dépit secret:
1145 Contre de pareils coups l'âme se fortifie
Du solide secours de la philosophie,
Et par elle on se peut mettre au-dessus de tout.
Mais vous traiter ainsi, c'est vous pousser à bout:
Il est de votre honneur d'être à ses vœux contraire,
1150 Et c'est un homme enfin qui ne doit point vous plaire.

---

1. À votre place.

Jamais je n'ai connu, discourant entre nous,
Qu'il eût au fond du cœur de l'estime pour vous.

PHILAMINTE

Petit sot !

ARMANDE

Quelque bruit que votre gloire fasse,
Toujours à vous louer[1] il a paru de glace.

PHILAMINTE

Le brutal[2] !

ARMANDE

1155   Et vingt fois, comme ouvrages nouveaux,
J'ai lu des vers de vous qu'il n'a point trouvés beaux.

PHILAMINTE

L'impertinent !

ARMANDE

Souvent nous en étions aux prises[3] ;
Et vous ne croiriez point de combien de sottises...

CLITANDRE

Eh ! doucement, de grâce : un peu de charité,
1160 Madame, ou tout au moins un peu d'honnêteté.
Quel mal vous ai-je fait ? et quelle est mon offense,
Pour armer contre moi toute votre éloquence ?
Pour vouloir me détruire, et prendre tant de soin

---

1. Pour vous louer.
2. Au sens propre : le rustre.
3. À nous disputer.

De me rendre odieux aux gens dont j'ai besoin ?
1165 Parlez, dites, d'où vient ce courroux effroyable ?
Je veux bien que Madame en soit juge équitable.

ARMANDE

Si j'avais le courroux dont on veut m'accuser,
Je trouverais assez de quoi l'autoriser[1] :
Vous en seriez trop digne, et les premières flammes
1170 S'établissent des droits si sacrés sur les âmes
Qu'il faut perdre fortune, et renoncer au jour,
Plutôt que de brûler des feux d'un autre amour ;
Au changement de vœux nulle horreur ne s'égale,
Et tout cœur infidèle est un monstre en morale.

CLITANDRE

1175 Appelez-vous, Madame, une infidélité
Ce que m'a de votre âme ordonné la fierté[2] ?
Je ne fais qu'obéir aux lois qu'elle m'impose ;
Et si je vous offense, elle seule en est cause.
Vos charmes ont d'abord possédé tout mon cœur,
1180 Il a brûlé deux ans d'une constante ardeur ;
Il n'est soins empressés, devoirs, respects, services,
Dont il ne vous ait fait d'amoureux sacrifices.
Tous mes feux, tous mes soins ne peuvent rien sur vous ;
Je vous trouve contraire à mes vœux les plus doux.
1185 Ce que vous refusez, je l'offre au choix d'une autre.
Voyez : est-ce, Madame, ou ma faute, ou la vôtre ?
Mon cœur court-il au change, ou si[3] vous l'y poussez ?
Est-ce moi qui vous quitte, ou vous qui me chassez ?

---

1. Le justifier par des raisons.
2. Cruauté.
3. Ou est-ce que.

ARMANDE

Appelez-vous, Monsieur, être à vos vœux contraire,
1190 Que de leur arracher ce qu'ils ont de vulgaire,
Et vouloir les réduire à cette pureté
Où du parfait amour consiste la beauté ?
Vous ne sauriez pour moi tenir votre pensée
Du commerce des sens[1] nette et débarrassée ?
1195 Et vous ne goûtez point, dans ses plus doux appas,
Cette union des cœurs où les corps n'entrent pas ?
Vous ne pouvez aimer que d'une amour grossière ?
Qu'avec tout l'attirail des nœuds de la matière ?
Et pour nourrir les feux que chez vous on produit,
1200 Il faut un mariage, et tout ce qui s'ensuit ?
Ah ! quel étrange amour ! et que les belles âmes
Sont bien loin de brûler de ces terrestres flammes !
Les sens n'ont point de part à toutes leurs ardeurs,
Et ce beau feu ne veut marier que les cœurs ;
1205 Comme une chose indigne, il laisse là le reste.
C'est un feu pur et net comme le feu céleste[2] ;
On ne pousse, avec lui, que d'honnêtes soupirs,
Et l'on ne penche point vers les sales désirs ;
Rien d'impur ne se mêle au but qu'on se propose ;
1210 On aime pour aimer, et non pour autre chose ;
Ce n'est qu'à l'esprit seul que vont tous les transports,
Et l'on ne s'aperçoit jamais qu'on ait un corps.

CLITANDRE

Pour moi, par un malheur, je m'aperçois, Madame,
Que j'ai, ne vous déplaise, un corps tout comme une âme :
1215 Je sens qu'il y tient trop, pour le laisser à part ;

_____

1. C'est-à-dire de l'amour charnel.
2. Le feu du soleil.

De ces détachements je ne connais point l'art :
Le Ciel m'a dénié cette philosophie,
Et mon âme et mon corps marchent de compagnie.
Il n'est rien de plus beau, comme vous avez dit,
1220 Que ces vœux épurés qui ne vont qu'à l'esprit,
Ces unions de cœurs, et ces tendres pensées
Du commerce des sens si bien débarrassées.
Mais ces amours pour moi sont trop subtilisés[1],
Je suis un peu grossier, comme vous m'accusez ;
1225 J'aime avec tout moi-même, et l'amour qu'on me donne
En veut, je le confesse, à toute la personne.
Ce n'est pas là matière à de grands châtiments
Et, sans faire de tort à vos beaux sentiments,
Je vois que dans le monde on suit fort ma méthode,
1230 Et que le mariage est assez à la mode,
Passe pour un lien assez honnête et doux,
Pour avoir désiré de me voir votre époux,
Sans que la liberté d'une telle pensée
Ait dû vous donner lieu d'en paraître offensée.

ARMANDE

1235 Hé bien, Monsieur ! hé bien ! puisque, sans m'écouter,
Vos sentiments brutaux veulent se contenter ;
Puisque, pour vous réduire[2] à des ardeurs fidèles,
Il faut des nœuds de chair, des chaînes corporelles,
Si ma mère le veut, je résous mon esprit
1240 À consentir pour vous à ce dont il s'agit.

CLITANDRE

Il n'est plus temps, Madame : une autre a pris la place ;
Et par un tel retour j'aurais mauvaise grâce

---

1. Rendus subtils, c'est-à-dire immatériels.
2. Vous ramener.

De maltraiter l'asile et blesser les bontés
Où je me suis sauvé de toutes vos fiertés[1].

PHILAMINTE

1245 Mais enfin comptez-vous, Monsieur, sur mon suffrage[2],
Quand vous vous promettez cet autre mariage ?
Et, dans vos visions, savez-vous, s'il vous plaît,
Que j'ai pour Henriette un autre époux tout prêt ?

CLITANDRE

Eh, Madame ! voyez votre choix, je vous prie :
1250 Exposez-moi, de grâce, à moins d'ignominie,
Et ne me rangez pas à l'indigne destin
De me voir le rival de Monsieur Trissotin.
L'amour des beaux esprits, qui chez vous m'est contraire[3],
Ne pouvait m'opposer un moins noble aversaire.
1255 Il en est, et plusieurs, que pour le bel esprit
Le mauvais goût du siècle a su mettre en crédit ;
Mais Monsieur Trissotin n'a pu duper personne
Et chacun rend justice aux écrits qu'il nous donne :
Hors céans[4], on le prise[5] en tous lieux ce qu'il vaut ;
1260 Et ce qui m'a vingt fois fait tomber de mon haut,
C'est de vous voir au ciel élever des sornettes
Que vous désavoueriez, si vous les aviez faites.

PHILAMINTE

Si vous jugez de lui tout autrement que nous,
C'est que nous le voyons par d'autres yeux que vous.

---

1. Cruautés.
2. Sur mon accord.
3. Qui ne me rend pas favorable à vos yeux.
4. Hors d'ici.
5. On lui donne le prix qu'il vaut.

Scène 3

TRISSOTIN, ARMANDE, PHILAMINTE,
CLITANDRE

TRISSOTIN

1265 Je viens vous annoncer une grande nouvelle.
Nous l'avons en dormant, Madame, échappé belle :
Un monde près de nous a passé tout du long,
Est chu tout au travers de notre tourbillon ;
Et s'il eût en chemin rencontré notre terre,
1270 Elle eût été brisée en morceaux comme verre.

PHILAMINTE

Remettons ce discours pour une autre saison[1] :
Monsieur[2] n'y trouverait ni rime, ni raison ;
Il fait profession de chérir l'ignorance,
Et de haïr surtout l'esprit et la science.

CLITANDRE

1275 Cette vérité veut quelque adoucissement.
Je m'explique, Madame, et je hais seulement
La science et l'esprit qui gâtent les personnes.
Ce sont choses de soi[3] qui sont belles et bonnes ;
Mais j'aimerais mieux être au rang des ignorants
1280 Que de me voir savant comme certaines gens.

---

1. Moment.
2. Elle désigne Clitandre.
3. En soi.

TRISSOTIN

Pour moi, je ne tiens pas, quelque effet qu'on suppose,
Que la science soit pour gâter quelque chose.

CLITANDRE

Et c'est mon sentiment qu'en faits, comme en propos,
La science est sujette à faire de grands sots.

TRISSOTIN

Le paradoxe est fort.

CLITANDRE

1285   Sans être fort habile,
La preuve m'en serait, je pense, assez facile :
Si les raisons manquaient, je suis sûr qu'en tout cas
Les exemples fameux ne me manqueraient pas.

TRISSOTIN

Vous en pourriez citer qui ne concluraient guère.

CLITANDRE

1290 Je n'irais pas bien loin pour trouver mon affaire.

TRISSOTIN

Pour moi, je ne vois pas ces exemples fameux.

CLITANDRE

Moi, je les vois si bien qu'ils me crèvent les yeux.

TRISSOTIN

J'ai cru jusques ici que c'était l'ignorance
Qui faisait les grands sots, et non pas la science.

CLITANDRE

1295 Vous avez cru fort mal, et je vous suis garant
Qu'un sot savant est sot plus qu'un sot ignorant.

TRISSOTIN

Le sentiment commun est contre vos maximes,
Puisque ignorant et sot sont termes synonymes.

CLITANDRE

Si vous le voulez prendre aux usages du mot,
1300 L'alliance est plus grande entre pédant et sot.

TRISSOTIN

La sottise dans l'un se fait voir toute pure.

CLITANDRE

Et l'étude dans l'autre ajoute à la nature.

TRISSOTIN

Le savoir garde en soi son mérite éminent.

CLITANDRE

Le savoir dans un fat[1] devient impertinent.

TRISSOTIN

1305 Il faut que l'ignorance ait pour vous de grands charmes,
Puisque pour elle ainsi vous prenez tant les armes.

CLITANDRE

Si pour moi l'ignorance a des charmes bien grands,
C'est depuis qu'à mes yeux s'offrent certains savants.

---

1. Prétentieux stupide.

TRISSOTIN

Ces certains savants-là peuvent, à les connaître[1],
1310 Valoir certaines gens que nous voyons paraître.

CLITANDRE

Oui, si l'on s'en rapporte à ces certains savants ;
Mais on n'en convient pas chez ces certaines gens.

PHILAMINTE

Il me semble, Monsieur...

CLITANDRE

             Eh, Madame ! de grâce :
Monsieur est assez fort, sans qu'à son aide on passe ;
1315 Je n'ai déjà que trop d'un si rude assaillant,
Et si je me défends, ce n'est qu'en reculant.

ARMANDE

Mais l'offensante aigreur de chaque repartie
Dont vous...

CLITANDRE

     Autre second : je quitte la partie[2].

PHILAMINTE

On souffre aux entretiens[3] ces sortes de combats,
1320 Pourvu qu'à la personne on ne s'attaque pas.

---

    1. Lorsqu'on les connaît.
    2. Clitandre emploie depuis le vers 1314 un vocabulaire emprunté à l'escrime. Si Philaminte prête assistance à Trissotin, si elle le « seconde », le combat devient inégal : Clitandre se retire donc sans déshonneur.
    3. Dans les entretiens.

CLITANDRE

Eh, mon Dieu ! tout cela n'a rien dont il s'offense :
Il entend raillerie autant qu'homme de France ;
Et de bien d'autres traits il s'est senti piquer,
Sans que jamais sa gloire ait fait que s'en moquer.

TRISSOTIN

1325 Je ne m'étonne pas, au combat que j'essuie[1],
De voir prendre à Monsieur la thèse qu'il appuie.
Il est fort enfoncé dans la cour, c'est tout dit :
La cour, comme l'on sait, ne tient pas pour l'esprit ;
Elle a quelque intérêt d'appuyer l'ignorance,
1330 Et c'est en courtisan qu'il en prend la défense.

CLITANDRE

Vous en voulez beaucoup à cette pauvre cour,
Et son malheur est grand de voir que chaque jour
Vous autres beaux esprits vous déclamiez contre elle,
Que de tous vos chagrins vous lui fassiez querelle,
1335 Et, sur son méchant goût lui faisant son procès,
N'accusiez que lui seul de vos méchants succès.
Permettez-moi, Monsieur Trissotin, de vous dire,
Avec tout le respect que votre nom m'inspire,
Que vous feriez fort bien, vos confrères et vous,
1340 De parler de la cour d'un ton un peu plus doux ;
Qu'à le bien prendre, au fond, elle n'est pas si bête
Que vous autres Messieurs vous vous mettez en tête ;
Qu'elle a du sens commun pour se connaître à tout ;
Que chez elle on se peut former quelque bon goût ;
1345 Et que l'esprit du monde y vaut, sans flatterie,
Tout le savoir obscur de la pédanterie.

---

1. Dans le combat auquel je fais face.

TRISSOTIN

De son bon goût, Monsieur, nous voyons des effets.

CLITANDRE

Où voyez-vous, Monsieur, qu'elle l'ait si mauvais ?

TRISSOTIN

Ce que je vois, Monsieur, c'est que pour la science
1350 Rasius et Baldus font honneur à la France,
Et que tout leur mérite, exposé fort au jour,
N'attire point les yeux et les dons de la cour.

CLITANDRE

Je vois votre chagrin, et que par modestie
Vous ne vous mettez point, Monsieur, de la partie ;
1355 Et pour ne vous point mettre aussi dans le propos,
Que font-ils pour l'État, vos habiles héros ?
Qu'est-ce que leurs écrits lui rendent de service,
Pour accuser la cour d'une horrible injustice,
Et se plaindre en tous lieux que sur leurs doctes noms
1360 Elle manque à verser la faveur de ses dons ?
Leur savoir à la France est beaucoup nécessaire,
Et des livres qu'ils font la cour a bien affaire.
Il semble à trois gredins[1], dans leur petit cerveau,
Que, pour être imprimés, et reliés en veau[2],
1365 Les voilà dans l'État d'importantes personnes ;
Qu'avec leur plume ils font les destins des couronnes ;
Qu'au moindre petit bruit de leurs productions
Ils doivent voir chez eux voler les pensions ;
Que sur eux l'univers a la vue attachée ;
1370 Que partout de leur nom la gloire est épanchée,

---

1. Trois gueux.
2. Sous prétexte qu'ils sont imprimés et reliés en peau de veau.

Et qu'en science ils sont des prodiges fameux,
Pour savoir ce qu'ont dit les autres avant eux,
Pour avoir eu trente ans des yeux et des oreilles,
Pour avoir employé neuf ou dix mille veilles
1375 À se bien barbouiller de grec et de latin,
Et se charger l'esprit d'un ténébreux butin
De tous les vieux fatras qui traînent dans les livres :
Gens qui de leur savoir paraissent toujours ivres,
Riches, pour tout mérite, en babil importun,
1380 Inhabiles à tout, vuides de sens commun,
Et pleins d'un ridicule et d'une impertinence
À décrier partout l'esprit et la science[1].

PHILAMINTE

Votre chaleur est grande, et cet emportement
De la nature en vous marque le mouvement :
1385 C'est le nom de rival qui dans votre âme excite…

Scène 4

JULIEN, TRISSOTIN, PHILAMINTE,
CLITANDRE, ARMANDE

JULIEN

Le savant qui tantôt vous a rendu visite,
Et de qui j'ai l'honneur de me voir le valet,
Madame, vous exhorte à lire ce billet.

---

1. Qui les conduit à critiquer partout où ils les rencontrent l'esprit
et la science.

PHILAMINTE

Quelque important que soit ce qu'on veut que je lise,
1390 Apprenez, mon ami, que c'est une sottise
De se venir jeter au travers d'un discours,
Et qu'aux gens d'un logis[1] il faut avoir recours,
Afin de s'introduire en valet qui sait vivre.

JULIEN

Je noterai cela, Madame, dans mon livre.

PHILAMINTE, *lit*:

Trissotin s'est vanté, Madame, qu'il épouserait votre fille. Je vous donne avis que sa philosophie n'en veut qu'à vos richesses, et que vous ferez bien de ne point conclure ce mariage que vous n'ayez vu[2] le poème que je compose contre lui. En attendant cette peinture, où je prétends vous le dépeindre de toutes ses couleurs, je vous envoie Horace, Virgile, Térence, et Catulle, où vous verrez notés en marge tous les endroits qu'il a pillés.

PHILAMINTE, *poursuit*:

1395 Voilà sur cet hymen que je me suis promis
Un mérite attaqué de beaucoup d'ennemis;
Et ce déchaînement aujourd'hui me convie
À faire une action qui confonde l'envie,
Qui lui fasse sentir que l'effort qu'elle fait
1400 De ce qu'elle veut rompre aura pressé l'effet.
Reportez tout cela sur l'heure à votre maître,
Et lui dites[3] qu'afin de lui faire connaître
Quel grand état je fais de ses nobles avis
Et comme je les crois dignes d'être suivis,

---

1. Les domestiques.
2. Avant d'avoir vu.
3. Dites-lui.

1405 Dès ce soir à Monsieur je marierai ma fille.
Vous, Monsieur, comme ami de toute la famille,
À signer leur contrat vous pourrez assister,
Et je vous y veux bien, de ma part, inviter.
Armande, prenez soin d'envoyer au Notaire[1],
1410 Et d'aller avertir votre sœur de l'affaire.

ARMANDE

Pour avertir ma sœur, il n'en est pas besoin,
Et Monsieur que voilà saura prendre le soin
De courir lui porter bientôt cette nouvelle,
Et disposer son cœur à vous être rebelle.

PHILAMINTE

1415 Nous verrons qui sur elle aura plus de pouvoir,
Et si je la saurai réduire à son devoir.

Elle s'en va.

ARMANDE

J'ai le grand regret, Monsieur, de voir qu'à vos visées[2]
Les choses ne soient pas tout à fait disposées.

CLITANDRE

Je m'en vais travailler, Madame, avec ardeur,
1420 À ne vous point laisser ce grand regret au cœur.

ARMANDE

J'ai peur que votre effort n'ait pas trop bonne issue.

CLITANDRE

Peut-être verrez-vous votre crainte déçue.

---

1. D'aller chercher le notaire.
2. Vos projets.

ARMANDE

Je le souhaite ainsi.

CLITANDRE

J'en suis persuadé.
Et que de votre appui je serai secondé.

ARMANDE

1425 Oui, je vais vous servir de toute ma puissance.

CLITANDRE

Et ce service est sûr de ma reconnaissance.

Scène 5

CHRYSALE, ARISTE, HENRIETTE, CLITANDRE

CLITANDRE

Sans votre appui, Monsieur, je serai malheureux :
Madame votre femme a rejeté mes vœux,
Et son cœur prévenu[1] veut Trissotin pour gendre.

CHRYSALE

1430 Mais quelle fantaisie a-t-elle donc pu prendre ?
Pourquoi diantre vouloir ce Monsieur Trissotin ?

ARISTE

C'est par l'honneur qu'il a de rimer à latin
Qu'il a sur son rival emporté l'avantage.

---

1. Son cœur qui a une idée fixe.

CLITANDRE

Elle veut dès ce soir faire ce mariage.

CHRYSALE

Dès ce soir ?

CLITANDRE

Dès ce soir.

CHRYSALE

1435   Et dès ce soir je veux,
Pour la contrecarrer, vous marier vous deux.

CLITANDRE

Pour dresser le contrat, elle envoie au Notaire.

CHRYSALE

Et je vais le quérir pour celui qu'il doit faire.

CLITANDRE

Et Madame doit être instruite par sa sœur
1440 De l'hymen où l'on veut qu'elle apprête son cœur.

CHRYSALE

Et moi, je lui commande avec pleine puissance
De préparer sa main à cette autre alliance.
Ah ! je leur ferai voir si, pour donner la loi,
Il est dans ma maison d'autre maître que moi.
1445 Nous allons revenir, songez à nous attendre.
Allons, suivez mes pas, mon frère, et vous, mon gendre.

HENRIETTE

Hélas ! dans cette humeur conservez-le toujours.

ARISTE

J'emploierai toute chose à servir vos amours.

CLITANDRE

Quelque secours puissant qu'on promette à ma flamme,
1450 Mon plus solide espoir, c'est votre cœur, Madame.

HENRIETTE

Pour mon cœur, vous pouvez vous assurer de lui[1].

CLITANDRE

Je ne puis qu'être heureux, quand j'aurai son appui.

HENRIETTE

Vous voyez à quels nœuds on prétend le contraindre.

CLITANDRE

Tant qu'il sera pour moi, je ne vois rien à craindre.

HENRIETTE

1455 Je vais tout essayer pour nos vœux les plus doux :
Et si tous mes efforts ne me donnent à vous,
Il est une retraite où notre âme se donne[2]
Qui m'empêchera d'être à toute autre personne.

CLITANDRE

Veuille le juste Ciel me garder en ce jour
1460 De recevoir de vous cette preuve d'amour !

---

1. Être sûr de lui.
2. Henriette envisage, si elle ne peut épouser Clitandre, d'entrer au couvent.

Acte V

Scène I

HENRIETTE, TRISSOTIN

HENRIETTE

C'est sur le mariage où ma mère s'apprête
Que j'ai voulu, Monsieur, vous parler tête à tête;
Et j'ai cru, dans le trouble où je vois la maison,
Que je pourrais vous faire écouter la raison.
1465 Je sais qu'avec mes vœux vous me jugez capable
De vous porter en dot un bien considérable;
Mais l'argent, dont on voit tant de gens faire cas,
Pour un vrai philosophe a d'indignes appas;
Et le mépris du bien et des grandeurs frivoles
1470 Ne doit point éclater¹ dans vos seules paroles.

TRISSOTIN

Aussi n'est-ce point là ce qui me charme en vous;
Et vos brillants attraits, vos yeux perçants et doux,

_____
1. Être manifesté.

Votre grâce, et votre air, sont les biens, les richesses,
Qui vous ont attiré mes vœux et mes tendresses :
1475 C'est de ces seuls trésors que je suis amoureux.

HENRIETTE

Je suis fort redevable à vos feux généreux :
Cet obligeant amour a de quoi me confondre,
Et j'ai regret, Monsieur, de n'y pouvoir répondre.
Je vous estime autant qu'on saurait estimer ;
1480 Mais je trouve un obstacle à vous pouvoir aimer :
Un cœur, vous le savez, à deux ne saurait être,
Et je sens que du mien Clitandre s'est fait maître.
Je sais qu'il a bien moins de mérite que vous,
Que j'ai de méchants yeux pour le choix d'un époux,
1485 Que par cent beaux talents vous devriez me plaire ;
Je vois bien que j'ai tort, mais je n'y puis que faire ;
Et tout ce que sur moi peut le raisonnement,
C'est de me vouloir mal d'un tel aveuglement.

TRISSOTIN

Le don de votre main où l'on me fait prétendre
1490 Me livrera ce cœur que possède Clitandre ;
Et par mille doux soins j'ai lieu de présumer
Que je pourrai trouver l'art de me faire aimer.

HENRIETTE

Non : à ses premiers vœux mon âme est attachée,
Et ne peut de vos soins, Monsieur, être touchée.
1495 Avec vous librement j'ose ici m'expliquer,
Et mon aveu n'a rien qui vous doive choquer.
Cette amoureuse ardeur qui dans les cœurs s'excite
N'est point, comme l'on sait, un effet du mérite :
Le caprice[1] y prend part, et quand quelqu'un nous plaît,

---

1. La fantaisie.

1500 Souvent nous avons peine à dire pourquoi c'est.
Si l'on aimait, Monsieur, par choix et par sagesse,
Vous auriez tout mon cœur et toute ma tendresse ;
Mais on voit que l'amour se gouverne autrement.
Laissez-moi, je vous prie, à mon aveuglement,
1505 Et ne vous servez point de cette violence
Que pour vous on veut faire à mon obéissance.
Quand on est honnête homme, on ne veut rien devoir
À ce que des parents ont sur nous de pouvoir ;
On répugne à se faire immoler ce qu'on aime,
1510 Et l'on veut n'obtenir un cœur que de lui-même.
Ne poussez point ma mère à vouloir par son choix
Exercer sur mes vœux la rigueur de ses droits ;
Ôtez-moi votre amour, et portez à quelque autre
Les hommages d'un cœur aussi cher que le vôtre.

TRISSOTIN

1515 Le moyen que ce cœur puisse vous contenter ?
Imposez-lui des lois qu'il puisse exécuter.
De ne vous point aimer peut-il être capable,
À moins que vous cessiez, Madame, d'être aimable,
Et d'étaler aux yeux les célestes appas…

HENRIETTE

1520 Eh, Monsieur ! laissons là ce galimatias.
Vous avez tant d'Iris, de Philis, d'Amarantes [1],
Que partout dans vos vers vous peignez si charmantes,
Et pour qui vous jurez tant d'amoureuse ardeur…

TRISSOTIN

C'est mon esprit qui parle, et ce n'est pas mon cœur.
1525 D'elles on ne me voit amoureux qu'en poète ;
Mais j'aime tout de bon l'adorable Henriette.

---

1. Ce sont les femmes célébrées par la poésie de Trissotin.

HENRIETTE

Eh ! de grâce, Monsieur…

TRISSOTIN

                    Si c'est vous offenser,
Mon offense envers vous n'est pas prête à cesser.
Cette ardeur, jusqu'ici de vos yeux ignorée,
1530 Vous consacre des vœux d'éternelle durée ;
Rien n'en peut arrêter les aimables transports ;
Et, bien que vos beautés condamnent mes efforts,
Je ne puis refuser le secours d'une mère
Qui prétend couronner une flamme si chère ;
1535 Et pourvu que j'obtienne un bonheur si charmant[1],
Pourvu que je vous aie, il n'importe comment.

HENRIETTE

Mais savez-vous qu'on risque un peu plus qu'on ne pense
À vouloir sur un cœur user de violence ?
Qu'il ne fait pas bien sûr, à vous le trancher net[2],
1540 D'épouser une fille en dépit qu'elle en ait[3],
Et qu'elle peut aller, en se voyant contraindre,
À des ressentiments que le mari doit craindre ?

TRISSOTIN

Un tel discours n'a rien dont je sois altéré
À tous événements le sage est préparé ;
1545 Guéri par la raison des faiblesses vulgaires,
Il se met au-dessus de ces sortes d'affaires,
Et n'a garde de prendre aucune ombre d'ennui[4]
De tout ce qui n'est pas pour dépendre de lui.

---

1. Si envoûtant.
2. Pour vous le dire tout net.
3. En dépit de son absence d'amour.
4. Douleur causée par la contrariété.

HENRIETTE

En vérité, Monsieur, je suis de vous ravie ;
1550 Et je ne pensais pas que la philosophie
Fût si belle qu'elle est, d'instruire ainsi les gens
À porter constamment de pareils accidents.
Cette fermeté d'âme, à vous si singulière[1],
Mérite qu'on lui donne une illustre matière,
1555 Est digne de trouver qui[2] prenne avec amour
Les soins continuels de la mettre en son jour[3] ;
Et comme, à dire vrai, je n'oserais me croire
Bien propre à lui donner tout l'éclat de sa gloire,
Je le laisse à quelque autre, et vous jure entre nous
1560 Que je renonce au bien de vous voir mon époux.

TRISSOTIN

Nous allons voir bientôt comment ira l'affaire,
Et l'on a là-dedans fait venir le Notaire.

Scène 2

CHRYSALE, CLITANDRE, MARTINE, HENRIETTE

CHRYSALE

Ah, ma fille ! je suis bien aise de vous voir.
Allons, venez-vous-en faire votre devoir,
1565 Et soumettre vos vœux aux volontés d'un père,
Je veux, je veux apprendre à vivre à votre mère,

---

1. Qui n'appartient qu'à vous.
2. Quelqu'un qui.
3. De la mettre en valeur (la fermeté d'âme de Trissotin).

Et, pour la mieux braver, voilà, malgré ses dents[1],
Martine que j'amène, et rétablis céans.

HENRIETTE

Vos résolutions sont dignes de louange.
1570 Gardez que[2] cette humeur, mon père, ne vous change,
Soyez ferme à vouloir ce que vous souhaitez,
Et ne vous laissez point séduire à vos bontés[3] ;
Ne vous relâchez pas, et faites bien en sorte
D'empêcher que sur vous ma mère ne l'emporte.

CHRYSALE

1575 Comment ? Me prenez-vous ici pour un benêt ?

HENRIETTE

M'en préserve le Ciel !

CHRYSALE

Suis-je un fat, s'il vous plaît ?

HENRIETTE

Je ne dis pas cela.

CHRYSALE

Me croit-on incapable
Des fermes sentiments d'un homme raisonnable ?

HENRIETTE

Non, mon père.

---

1. Malgré ses tentatives pour intimider.
2. Faites attention à ce que.
3. Détourner par vos bontés.

CHRYSALE

Est-ce donc qu'à l'âge où je me vois
1580 Je n'aurais pas l'esprit d'être maître chez moi ?

HENRIETTE

Si fait.

CHRYSALE

Et que j'aurais cette faiblesse d'âme,
De me laisser mener par le nez à ma femme[1] ?

HENRIETTE

Eh ! non, mon père.

CHRYSALE

Ouais ! qu'est-ce donc que ceci ?
Je vous trouve plaisante à me parler ainsi.

HENRIETTE

1585 Si je vous ai choqué, ce n'est pas mon envie.

CHRYSALE

Ma volonté céans doit être en tout suivie.

HENRIETTE

Fort bien, mon père.

CHRYSALE

Aucun, hors moi, dans la maison,
N'a droit de commander.

___

1. Par ma femme.

HENRIETTE

Oui, vous avez raison.

CHRYSALE

C'est moi qui tiens le rang de chef de la famille.

HENRIETTE

D'accord.

CHRYSALE

1590   C'est moi qui dois disposer de ma fille.

HENRIETTE

Eh ! oui.

CHRYSALE

Le Ciel me donne un plein pouvoir sur vous.

HENRIETTE

Qui vous dit le contraire ?

CHRYSALE

              Et pour prendre un époux
Je vous ferai bien voir que c'est à votre père
Qu'il vous faut obéir, non pas à votre mère.

HENRIETTE

1595 Hélas ! vous flattez là les plus doux de mes vœux.
Veuillez être obéi, c'est tout ce que je veux.

CHRYSALE

Nous verrons si ma femme à mes désirs rebelle…

CLITANDRE

La voici qui conduit le Notaire avec elle.

CHRYSALE

Secondez-moi bien tous.

MARTINE

           Laissez-moi, j'aurai soin
1600 De vous encourager, s'il en est de besoin.

Scène 3

PHILAMINTE, BÉLISE, ARMANDE, TRISSOTIN,
LE NOTAIRE, CHRYSALE, CLITANDRE,
HENRIETTE, MARTINE

PHILAMINTE

Vous ne sauriez changer votre style sauvage,
Et nous faire un contrat qui soit en beau langage ?

LE NOTAIRE

Notre style est très bon, et je serais un sot,
Madame, de vouloir y changer un seul mot.

BÉLISE

1605 Ah ! quelle barbarie au milieu de la France !
Mais au moins, en faveur, Monsieur, de la science,
Veuillez, au lieu d'écus, de livres et de francs,
Nous exprimer la dot en mines et talents,
Et dater par les mots d'ides et de calendes[1].

_____

1. Pédante, Bélise souhaite inscrire la date comme le faisaient les
Grecs et les Romains de l'Antiquité.

LE NOTAIRE

1610 Moi ? Si j'allais, Madame, accorder vos demandes,
Je me ferais siffler de tous mes compagnons.

PHILAMINTE

De cette barbarie en vain nous nous plaignons.
Allons, Monsieur, prenez la table pour écrire.
Ah ! ah ! cette impudente ose encor se produire[1] ?
1615 Pourquoi donc, s'il vous plaît, la ramener chez moi ?

CHRYSALE

Tantôt, avec loisir, on vous dira pourquoi.
Nous avons maintenant autre chose à conclure.

LE NOTAIRE

Procédons au contrat. Où donc est la future ?

PHILAMINTE

Celle que je marie est la cadette.

LE NOTAIRE

Bon.

CHRYSALE

1620 Oui. La voilà, Monsieur ; Henriette est son nom.

LE NOTAIRE

Fort bien. Et le futur ?

PHILAMINTE

L'époux que je lui donne

---

1. Se montrer.

Est Monsieur.

CHRYSALE

Et celui, moi, qu'en propre personne
Je prétends qu'elle épouse, est Monsieur.

LE NOTAIRE

Deux époux !
C'est trop pour la coutume.

PHILAMINTE

Où vous arrêtez-vous ?
1625 Mettez, mettez, Monsieur, Trissotin pour mon gendre.

CHRYSALE

Pour mon gendre, mettez, mettez, Monsieur, Clitandre.

LE NOTAIRE

Mettez-vous donc d'accord, et d'un jugement mûr
Voyez à convenir entre vous du futur.

PHILAMINTE

Suivez, suivez, Monsieur, le choix où je m'arrête.

CHRYSALE

1630 Faites, faites, Monsieur, les choses à ma tête.

LE NOTAIRE

Dites-moi donc à qui j'obéirai des deux ?

PHILAMINTE

Quoi donc ? vous combattrez les choses que je veux ?

CHRYSALE

Je ne saurais souffrir qu'on ne cherche ma fille
Que pour l'amour du bien qu'on voit dans ma famille.

PHILAMINTE

1635 Vraiment à votre bien on songe bien ici,
Et c'est là pour un sage un fort digne souci !

CHRYSALE

Enfin pour son époux j'ai fait choix de Clitandre.

PHILAMINTE

Et moi, pour son époux, voici qui je veux prendre.
Mon choix sera suivi, c'est un point résolu.

CHRYSALE

1640 Ouais ! vous le prenez là d'un ton bien absolu ?

MARTINE

Ce n'est point à la femme à prescrire, et je sommes
Pour céder le dessus en toute chose aux hommes.

CHRYSALE

C'est bien dit.

MARTINE

Mon congé cent fois me fût-il hoc[1],
La poule ne doit point chanter devant[2] le coq.

CHRYSALE

Sans doute.

_____

1. Donné. Le terme provient du jeu de cartes.
2. Avant.

MARTINE

1645   Et nous voyons que d'un homme on se gausse
Quand sa femme chez lui porte le haut-de-chausse.

CHRYSALE

Il est vrai.

MARTINE

        Si j'avais un mari, je le dis,
Je voudrais qu'il se fît le maître du logis;
Je ne l'aimerais point, s'il faisait le jocrisse[1];
1650   Et si je contestais contre lui par caprice,
Si je parlais trop haut, je trouverais fort bon
Qu'avec quelques soufflets il rabaissât mon ton.

CHRYSALE

C'est parler comme il faut.

MARTINE

                Monsieur est raisonnable
De vouloir pour sa fille un mari convenable.

CHRYSALE

Oui.

MARTINE

1655   Par quelle raison, jeune et bien fait qu'il est,
Lui refuser Clitandre? Et pourquoi, s'il vous plaît,
Lui bailler[2] un savant, qui sans cesse épilogue?
Il lui faut un mari, non pas un pédagogue;

---

1. Personnage traditionnel du théâtre de foire, réputé pour sa
bêtise.
2. Lui donner.

Et ne voulant savoir le grais, ni le latin,
1660 Elle n'a pas besoin de Monsieur Trissotin.

CHRYSALE

Fort bien.

PHILAMINTE

Il faut souffrir qu'elle jase à son aise.

MARTINE

Les savants ne sont bons que pour prêcher en chaise;
Et pour mon mari, moi, mille fois je l'ai dit,
Je ne voudrais jamais prendre un homme d'esprit.
1665 L'esprit n'est point du tout ce qu'il faut en ménage;
Les livres cadrent mal avec le mariage;
Et je veux, si jamais on engage ma foi,
Un mari qui n'ait point d'autre livre que moi,
Qui ne sache A ne[1] B, n'en déplaise à Madame,
1670 Et ne soit en un mot docteur que pour sa femme.

PHILAMINTE

Est-ce fait? et sans trouble ai-je assez écouté
Votre digne interprète?

CHRYSALE

Elle a dit vérité.

PHILAMINTE

Et moi, pour trancher court toute cette dispute,
Il faut qu'absolument mon désir s'exécute.
1675 Henriette et Monsieur seront joints[2] de ce pas:

---

1. Ni.
2. Unis.

Je l'ai dit, je le veux : ne me répliquez pas ;
Et si votre parole à Clitandre est donnée,
Offrez-lui le parti d'épouser son aînée.

CHRYSALE

Voilà dans cette affaire un accommodement.
1680 Voyez, y donnez-vous votre consentement ?

HENRIETTE

Eh, mon père !

CLITANDRE

Eh, Monsieur !

BÉLISE

On pourrait bien lui faire
Des propositions qui pourraient mieux lui plaire :
Mais nous établissons une espèce d'amour
Qui doit être épuré comme l'astre du jour :
1685 La substance qui pense y peut être reçue,
Mais nous en bannissons la substance étendue[1].

---

1. Terme cartésien : il s'agit de la substance matérielle, donc du corps.

Scène 4

ARISTE, CHRYSALE, PHILAMINTE, BÉLISE,
HENRIETTE, ARMANDE, TRISSOTIN, LE NOTAIRE,
CLITANDRE, MARTINE

ARISTE

J'ai le regret de troubler un mystère joyeux[1]
Par le chagrin qu'il faut que j'apporte en ces lieux.
Ces deux lettres me font porteur de deux nouvelles,
1690 Dont j'ai senti pour vous les atteintes cruelles :
L'une, pour vous, me vient de votre procureur ;
L'autre, pour vous, me vient de Lyon.

PHILAMINTE

                    Quel malheur,
Digne de nous troubler, pourrait-on nous écrire ?

ARISTE

Cette lettre en contient un que vous pouvez lire.

PHILAMINTE

*Madame, j'ai prié Monsieur votre frère de vous rendre cette
lettre, qui vous dira ce que je n'ai osé vous aller dire. La grande
négligence que vous avez pour vos affaires a été cause que le
clerc de votre rapporteur ne m'a point averti, et vous avez perdu
absolument votre procès que vous deviez gagner.*

---

1. Une joyeuse cérémonie (le mariage).

CHRYSALE

Votre procès perdu !

PHILAMINTE

1695   Vous vous troublez beaucoup !
Mon cœur n'est point du tout ébranlé de ce coup.
Faites, faites paraître une âme moins commune,
À braver, comme moi, les traits de la fortune[1].

*Le peu de soin que vous avez vous coûte quarante mille écus, et
c'est à payer cette somme, avec les dépens, que vous êtes
condamnée par arrêt de la Cour.*

Condamnée ! Ah ! ce mot est choquant, et n'est fait
Que pour les criminels.

ARISTE

1700   Il a tort en effet,
Et vous vous êtes là justement récriée.
Il devait avoir mis que vous êtes priée,
Par arrêt de la Cour, de payer au plus tôt
Quarante mille écus, et les dépens[2] qu'il faut.

PHILAMINTE

Voyons l'autre.

CHRYSALE, *lit* :

*Monsieur, l'amitié qui me lie à Monsieur votre frère me fait
prendre intérêt à tout ce qui vous touche. Je sais que vous avez
mis votre bien entre les mains d'Argante et de Damon, et je vous
donne avis qu'en même jour ils ont fait tous deux banqueroute.*

1705 Ô Ciel ! tout à la fois perdre ainsi tout mon bien !

---

1. En montrant comment vous bravez les traits de la fortune.
2. Les frais.

PHILAMINTE

Ah ! quel honteux transport[1] ! Fi ! tout cela n'est rien.
Il n'est pour le vrai sage aucun revers funeste,
Et perdant toute chose, à soi-même il se reste.
Achevons notre affaire, et quittez votre ennui :
1710 Son bien nous peut suffire, et pour nous, et pour lui.

TRISSOTIN

Non, Madame : cessez de presser cette affaire.
Je vois qu'à cet hymen tout le monde est contraire,
Et mon dessein n'est point de contraindre les gens.

PHILAMINTE

Cette réflexion vous vient en peu de temps !
1715 Elle suit de bien près, Monsieur, notre disgrâce.

TRISSOTIN

De tant de résistance à la fin je me lasse.
J'aime mieux renoncer à tout cet embarras,
Et ne veux point d'un cœur qui ne se donne pas.

PHILAMINTE

Je vois, je vois de vous, non pas pour votre gloire,
1720 Ce que jusques ici j'ai refusé de croire.

TRISSOTIN

Vous pouvez voir de moi tout ce que vous voudrez,
Et je regarde peu comment vous le prendrez.
Mais je ne suis point homme à souffrir l'infamie
Des refus offensants qu'il faut qu'ici j'essuie ;
1725 Je vaux bien que de moi l'on fasse plus de cas,
Et je baise les mains à qui ne me veut pas.

---

1. Quelle émotion honteuse !

PHILAMINTE

Qu'il a bien découvert son âme mercenaire !
Et que peu philosophe est ce qu'il vient de faire !

CLITANDRE

Je ne me vante point de l'être, mais enfin
1730 Je m'attache, Madame, à tout votre destin.
Et j'ose vous offrir avecque ma personne
Ce qu'on sait que de bien la fortune me donne.

PHILAMINTE

Vous me charmez, Monsieur, par ce trait généreux,
Et je veux couronner vos désirs amoureux.
1735 Oui, j'accorde Henriette à l'ardeur empressée…

HENRIETTE

Non, ma mère : je change à présent de pensée.
Souffrez que je résiste à votre volonté.

CLITANDRE

Quoi ? vous vous opposez à ma félicité ?
Et lorsque à mon amour je vois chacun se rendre…

HENRIETTE

1740 Je sais le peu de bien que vous avez, Clitandre,
Et je vous ai toujours souhaité pour époux,
Lorsqu'en satisfaisant à mes vœux les plus doux,
J'ai vu que mon hymen ajustait[1] vos affaires ;
Mais lorsque nous avons les destins si contraires,
1745 Je vous chéris assez dans cette extrémité
Pour ne vous charger point de notre aversité

---

1. Au sens propre : améliorait.

CLITANDRE

Tout destin, avec vous, me peut être agréable ;
Tout destin me serait, sans vous, insupportable.

HENRIETTE

L'amour dans son transport parle toujours ainsi.
1750 Des retours[1] importuns évitons le souci :
Rien n'use tant l'ardeur de ce nœud qui nous lie,
Que les fâcheux besoins des choses de la vie ;
Et l'on en vient souvent à s'accuser tous deux
De tous les noirs chagrins qui suivent de tels feux.

ARISTE

1755 N'est-ce que le motif que nous venons d'entendre
Qui vous fait résister à l'hymen de Clitandre ?

HENRIETTE

Sans cela, vous verriez tout mon cœur y courir,
Et je ne fuis sa main que pour le trop chérir[2].

ARISTE

Laissez-vous donc lier par des chaînes si belles.
1760 Je ne vous ai porté que de fausses nouvelles ;
Et c'est un stratagème, un surprenant secours[3],
Que j'ai voulu tenter pour servir vos amours,
Pour détromper ma sœur, et lui faire connaître
Ce que son philosophe à l'essai pouvait être.

CHRYSALE

Le Ciel en soit loué !

---

1. Revirements de sentiments.
2. Que parce que je le chéris trop.
3. Une solution faite pour surprendre.

PHILAMINTE

1765   J'en ai la joie au cœur,
Par le chagrin qu'aura ce lâche déserteur.
Voilà le châtiment de sa basse avarice,
De voir qu'avec éclat cet hymen s'accomplisse.

CHRYSALE

Je le savais bien, moi, que vous l'épouseriez.

ARMANDE

1770 Ainsi donc à leurs vœux vous me sacrifiez ?

PHILAMINTE

Ce ne sera point vous que je leur sacrifie,
Et vous avez l'appui de la philosophie,
Pour voir d'un œil content couronner leur ardeur.

BÉLISE

Qu'il prenne garde au moins que je suis dans son cœur :
1775 Par un prompt désespoir souvent on se marie,
Qu'on s'en repent[1] après tout le temps de sa vie.

CHRYSALE

Allons, Monsieur, suivez l'ordre que j'ai prescrit,
Et faites le contrat ainsi que je l'ai dit.

---

1. Et l'on s'en repent.

Du tableau

au texte

Dominique Moncond'huy

Du tableau au texte

La lettre d'amour
de Johannes Vermeer

*... le centre de l'image, cette femme debout qui regarde
une autre femme assise...*

Face à un tableau, il faut toujours commencer par se
laisser faire, s'abandonner à ce qu'il nous montre, à ce
que le choix de la lumière, par exemple, met explici-
tement en avant. Vermeer (1632-1675) abat d'emblée
ses cartes : même de loin, du fond de la pièce où le
tableau pourrait se trouver, on aperçoit au centre de
l'image cette femme debout qui regarde une autre
femme assise, une lettre à la main. La scène est comme
suspendue en cet instant où elles échangent un regard,
de haut en bas et de bas en haut, ce que la diagonale
qui part d'en haut à gauche ne manque pas de mettre
en valeur, tandis que la diagonale qui part d'en haut à
droite, elle, est soulignée par le luth. Voilà. Tout le
tableau paraît se résumer à cela : la jeune femme vient
d'être interrompue, elle cesse de jouer de la musique
et, interloquée, elle regarde la servante en tenant la
lettre... L'événement n'est pas exactement historique !

Il ne s'agit pas, en effet, d'un grand tableau d'histoire
(le format lui-même, assez modeste — 38,5 × 44 cm —,
l'indique aussi). C'est une scène de genre comme on se

plaît à en réaliser dans les Provinces-Unies des années 1660, en l'occurrence une scène d'intérieur mettant en valeur une jeune femme, ainsi que Vermeer, dans son atelier de Delft, aime à le faire. Au premier coup d'œil, le spectateur identifie le genre du tableau, il sait à quoi il a affaire, et sans doute prend-il plaisir à reconnaître dans cette image ce qu'il a déjà vu dans d'autres, de Vermeer lui-même ou de certains de ses contemporains.

Les tableaux au mur, la perspective soulignée par le carrelage qui guide le regard, les pantoufles et le balai, même, relèvent d'une sorte de grammaire qui structure ce type de représentation, bien maîtrisée par les spectateurs. C'est pourquoi l'énigme du tableau (quelle est donc cette lettre qu'on vient d'apporter à la jeune femme?) ne suscite pas un vrai trouble : du fait de la connivence établie avec les spectateurs, l'énigme est plaisante, non inquiétante — d'autant que la solution est en partie fournie par le tableau lui-même…

… une jeune femme songe à l'amour et la voilà surprise dans ses pensées…

L'on n'est pas dans le Paris des *Femmes savantes*, les costumes ne sont sans doute pas tout à fait ceux de la capitale française de l'époque, et pourtant la situation, elle, évoque question dont la pièce de Molière débat à sa manière, dans un autre contexte. La scène est simple et se résume à un événement : l'arrivée d'une lettre, destinée à une jeune femme. Celle-ci est assurément d'un milieu aisé, comme en témoignent ses habits aussi bien que ses activités. La jeune femme ne s'occupe pas directement de tâches matérielles et subalternes; sans doute veille-t-elle à ce que les servantes s'en acquittent comme il convient. Son aisance matérielle est d'abord manifestée par sa veste rehaussée d'hermine, par sa robe somptueuse qui accroche la lumière, par ses bijoux et par sa coiffure. Elle est d'une riche famille bourgeoise et elle a toute latitude à cultiver l'oisiveté... Et quand on est jeune et à l'abri de tout souci matériel, l'oisiveté, bien sûr, est supposée favoriser l'amour, ou la pensée de l'amour. Cette jeune femme-là n'est pas l'Henriette de Molière, certes, mais un spectateur de l'époque décrypte aisément la situation telle qu'elle lui est brossée : une jeune femme songe à l'amour et la voilà surprise dans ses pensées. Car le luth est loin d'être anodin : si elle en joue, peut-être pour accompagner son chant, il ne saurait s'agir de musique religieuse ! Relevant de toute une tradition, le luth est l'instrument du chant et de l'amour, l'instrument de l'harmonie amoureuse, elle-même signe d'une harmonie des âmes qui dépasse la part sensuelle de l'amour. Une sorte d'idéalisation de l'amour, en somme, dont on offre ici une représentation symbolique assez classique. Il ne serait pas difficile de transposer là plus d'un débat dont *Les Femmes savantes* portent trace... Mais ne nous y trompons pas : si le luth marque l'idéalisation du sentiment, cette jeune femme-là n'est pas une Armande, elle se languit d'un amoureux éloigné et, à choisir, gageons qu'elle serait plutôt une cousine éloignée d'Henriette...

La lettre, sans conteste, a quelque chose à voir avec l'amour. Et d'ailleurs, au centre exact du tableau figurent la gorge de la belle, le haut de son vêtement enrichi d'hermine, son riche collier : elle est offerte au regard, elle s'est parée pour un retour espéré et sa beauté affiche la discrète sensualité de qui ne refuse pas les choses de l'amour...

… l'éloignement de l'homme qui occupe les pensées de la jeune femme…

Le titre du tableau, certainement tardif, indique d'emblée qu'il est question d'amour. Mais l'image elle-même, pour un spectateur contemporain familier de ce genre de représentation, le laisse clairement entendre. Les deux tableaux disposés derrière la jeune femme ne sont pas choisis au hasard. La marine, que le corps de la servante occulte en partie en même temps qu'il le montre, symbolise l'éloignement, le voyage au-delà des frontières et même au-delà des mers — les Provinces-Unies de l'époque, ne l'oublions pas, sont une grande puissance maritime et commerciale. Le paysage situé au-dessus semble évoquer la nature, une promenade. L'on observe encore que le premier plan du tableau, à gauche, offre, placardée sur la porte, la représentation d'une carte. Or, plus d'un tableau d'intérieur, chez Vermeer, fait place à une carte, à telle enseigne que c'est presque une signature qui vient redoubler la signature de l'artiste, effectivement présente dans l'œuvre, à gauche de la servante. La carte, donc, fait écho à la marine et souligne ce qu'il faut comprendre, à savoir l'éloignement de l'homme qui occupe les pensées de la jeune femme.

En ce sens, si ces tableaux et cette carte retiennent d'abord l'attention, ils ont aussi valeur de signe pour désigner indirectement le mari ou l'amant absent. C'est donc, en réalité, un tableau à trois personnages : une jeune femme ; une servante, caractérisée par son vêtement comme par son allure ; et un troisième personnage, absent, mais dont la présence est figurée de différentes manières dans le tableau — appelons-le : le jeune homme…

Qu'il soit absent n'étonne pas. Disons même que l'enjeu du tableau est bien de représenter cette absence et de faire sentir l'attente qu'elle induit. La lettre, par voie de conséquence, traduit le désir qu'on a de voir le jeune homme passer la porte : peut-être annoncera-t-elle une arrivée retardée, à moins qu'il ne s'agisse d'une lettre enflammée qui promet un retour des plus sensuels... Il pourrait donc être naturel que la jeune femme se réjouisse de cette lettre, qu'elle apparaisse radieuse : ne va-t-elle pas reconnaître cette écriture qui lui est chère ? L'énigme se resserre et porte finalement moins sur l'enjeu de la représentation que sur le comportement des personnages : l'étonnement et peut-être même l'inquiétude de la jeune femme, d'une part, l'attitude assez curieuse de la servante, de l'autre.

... une servante complice et amusée de l'être...

Car celle-ci, loin de manifester la réserve dont peuvent et doivent faire preuve les domestiques dans les meilleures maisons, semble s'amuser de la situation. Elle regarde sa maîtresse par en haut, puisqu'elle est debout, en penchant légèrement la tête en même temps qu'elle esquisse un sourire. Surtout, le poing sur la hanche gauche relève d'une forme de familiarité. Ce que l'on montre, c'est une servante complice et amusée de l'être. Elle pourrait être la Martine des *Femmes savantes*, voire d'autres servantes ou valets de Molière, qui occupent une place bien plus grande dans d'autres pièces. Son sourire comme sa mise font penser qu'elle partage sans doute le solide bon sens de Martine et son franc-parler : tout aussi codifiée que la servante de théâtre, elle fait contrepoint à sa maîtresse et sait bien de quoi il est question… Sans doute confidente à ses heures, la servante incarne la réalité la plus simple, elle souligne que, derrière les apparences de la dignité et de la bonne tenue bourgeoises, la jeune femme ne rêve au fond qu'à l'amour. Elle sait les émois de sa maîtresse et les accompagne sur le mode d'une complicité familière.

La jeune femme paraît étonnée et c'est peut-être de cela que s'amuse la servante, un peu moqueuse. Elle a délaissé son ouvrage (voir le balai disposé à l'entrée de la pièce ou la corbeille à linge à gauche) pour apporter cette lettre et elle observe avec nous la réaction de la destinataire. Elle est la première spectatrice, depuis l'intérieur du tableau. Et cette distance gentiment railleuse dédramatise la scène, s'il le fallait, empêche de l'aborder avec trop de gravité. Faut-il prendre tout cela au sérieux ? La servante répond clairement, et tout le tableau avec elle : rien de grave ne se joue là… et la jeune femme est loin de maîtriser toutes les choses de l'amour… Depuis l'intérieur du tableau, le premier spectateur qu'est la servante nous dit comment le lire, nous en précise l'enjeu et nous laisse entendre que la sagesse familière du peuple sait observer avec une juste distance les troubles inutilement alambiqués, parfois, du meilleur monde. Oui, la servante dénonce aussi ce qu'est le jeu des apparences et du niveau social : sa jeune maîtresse a beau disposer de l'aisance financière, elle connaît comme toutes les jeunes femmes les troubles de l'amour. À ceci près que l'idéalisation marquée par le luth empêche sans doute de vivre les choses simplement… On n'est pas dans un salon, la question de la préciosité, du statut et du savoir des femmes ne se joue pas dans les mêmes termes que dans le Paris de l'époque, mais il n'est pas déplacé de considérer qu'un tel tableau offre un regard indirect sur l'amour qui, à sa manière, rejoint les débats des *Femmes savantes.*

Il s'en faut de peu que la représentation ne bascule vers une scène de comédie, à peine esquissée ici : l'attitude de la servante est digne des grandes figures des comédies de Molière, de ces femmes du peuple qui affirment sans ambages le besoin des corps et se moquent des détours ou des dénégations et, plus encore, d'une Armande qui refuse d'y toucher…

… nous voyons là quelque chose que nous ne devrions pas voir…

Reste à savoir pourquoi Vermeer fait le choix d'un tel « cadrage », d'une telle mise en scène. Car rien n'empêcherait, assurément, que la scène soit présentée au tout premier plan. On n'aurait pas alors ce cadre, monumental à sa manière, qui réduit la représentation de l'événement à une bande centrale, verticale, qui n'occupe guère plus d'un tiers du tableau. Le peintre trouve intérêt à nous présenter la scène par une porte ouverte, comme pour nous indiquer que nous voyons là quelque chose que nous ne devrions pas voir, un moment familier et intime. Il nous place sinon en position de voyeurs — le mot est trop fort —, du moins dans la posture, toujours plaisante et excitante, de spectateurs pénétrant subrepticement dans une intimité à laquelle ils n'ont pas accès d'ordinaire.

Vermeer cadre très fermement la scène. Il la ferme à gauche par la porte ouverte qui supporte la carte, laquelle, vue de biais, souligne la perspective et oriente le regard vers le centre du tableau. À droite, même clôture de l'espace, par symétrie, sauf que l'artiste creuse la différence de cette partie de l'image : la chaise supporte des partitions négligemment disposées, créant un discret effet de réel qui se démarque du caractère par ailleurs bien ordonné de la représentation. En fait, tout le tableau joue de cette discrète dialectique entre ordre et désordre, trouble et harmonie, comme pour souligner aussi le poids des apparences et du jeu social, qui veut qu'on offre l'image de la maîtrise de soi et de l'espace même si un certain trouble intérieur vous traverse. Ce dont la servante s'amuse, c'est sans doute de cette difficulté à dire, dans la bonne société, les appétits et les désirs.

La chaise, en outre, accueille le bas de ce rideau monumental qui, écarté, ouvre l'espace à notre regard. Ce rideau marque le cadrage et assure le lien avec la partie centrale du tableau, partant du milieu de l'œuvre et occultant du même coup partiellement le tableau disposé sur le mur du fond. Le rideau théâtralise la scène, si l'on veut (encore que le recours au rideau de scène ne soit pas systématique dans le théâtre de l'époque) ; il lui confère en tout cas une forme de solennité, assurément très codifiée, mais magnifiée par son drapé et ses motifs particulièrement recherchés.

Ainsi, si l'on aperçoit bien une scène intime et familière, c'est par le truchement d'un cadre qui nous avertit, si on l'oubliait, qu'il s'agit bien d'une représentation. Vermeer, loin de le cacher, insiste, multiplie les signes de notre posture de spectateurs, y compris en jouant de discrètes discordances qu'on peut trouver plaisantes. Et cette scène qui paraît offrir une image d'un réel possible s'avoue dès lors pour ce qu'elle est : non pas l'image, saisie par la grâce de l'artiste, d'un morceau de réalité, mais la représentation, parfaitement codifiée, d'un sté-

réotype. Comme Molière se plaît à construire l'illusion
théâtrale tout en la mettant à distance, en distillant les
clins d'œil qui rappellent au spectateur qu'il est au théâtre
(et les acteurs peuvent évidemment renforcer ce jeu en
soulignant les effets), le peintre produit de l'illusion
picturale tout en désignant la mise en scène, en exhibant
ce qui fait de la scène dépeinte une représentation, qui
a finalement peu à voir avec la réalité.

… les pantoufles sont du côté de la servante et le balai du
côté de la jeune bourgeoise…

Les pantoufles et le balai, à leur manière, résument
toute l'ambiguïté d'un tableau apparemment très simple
dans son dispositif et limpide dans ses enjeux. Situés de
part et d'autre du seuil constitué par la porte ouverte,
ils offrent eux aussi une dialectique qui oriente le regard
sur le tableau. Car le balai est assurément du côté du
trivial, du familier, de ce que jamais l'on ne verra dans
la pièce où l'on reçoit — ni dans l'espace du jeu théâtral
des *Femmes savantes*! Les pantoufles, elles, signifient aussi
l'intimité mais pas sous l'aspect trivial des choses : les
pantoufles abandonnées à l'entrée d'une pièce ou d'un
couloir, dans les tableaux hollandais de l'époque, ont
souvent pour fonction symbolique de signifier la scène
d'amour qu'on ne voit pas mais qu'on nous laisse deviner,
par exemple par la représentation d'une enfilade de
pièces vues à travers une série de portes ouvertes, en
perspective.

En l'occurrence, pas de moment d'amour en cours,
c'est sûr, mais peut-être l'attente ou la promesse d'un
tel moment de sensualité, que la lettre annoncerait… À

cet égard, on peut faire l'hypothèse que les pantoufles incarnent le désir de la jeune femme, son souhait de voir le mari ou l'amant revenir — et, alors, oui, les pantoufles resteront bien à l'entrée de la chambre, négligemment disposées pour dire autre chose que l'attente...

D'une certaine façon, les pantoufles d'un côté, le balai de l'autre, symbolisent les deux personnages que sont la servante et sa maîtresse — et, si l'on suit cette piste, on notera l'inversion : les pantoufles sont du côté de la servante et le balai du côté de la jeune bourgeoise. Rien n'est si simple : la servante et sa maîtresse, bien que distantes aux yeux de la société, n'en sont pas moins femmes toutes deux... À travers cette symbolique rudimentaire, c'est quelque chose du jeu des apparences sociales qui s'énonce plaisamment : la jeune femme porte une très belle robe ornée d'hermine, elle paraît prête à recevoir comme une jeune personne de la meilleure société, mais elle n'en éprouve pas moins un légitime désir d'amour. L'idéalisation par le luth n'y fait rien : ce désir-là est universel et transcende évidemment les classes sociales, les morales et les idéologies, y compris les débats dans les salons à la française... Savantes ou pas, les femmes rêvent d'amour (les hommes aussi sans doute !), et la servante le sait, qui s'en amuse, et le peintre nous laisse entendre que, oui, on peut observer avec un sourire amusé l'émoi de la jeune femme si joliment parée... Bourgeoise ou pas, elle rêve, comme toutes les jeunes femmes, peut-être victime de ses illusions et de l'image idéalisée qu'elle a conçue de l'amour... La servante, elle, comme chez Molière, sait bien ce qu'il en est, et tout le tableau est pensé pour que le spectateur entre en complicité avec elle.

Le texte

en perspective

Étienne Leterrier

Mouvement littéraire

Le classicisme, âge de l'« honnête homme »

DANS LA PREMIÈRE MOITIÉ DU RÈGNE DE LOUIS XIV (1661-1715) s'ouvre une période nouvelle que la tradition a désignée, à partir du romantisme, sous le terme de « classicisme ». Tandis que la monarchie absolue s'affirme, les arts et les sciences sont encouragés afin de manifester avec éclat la gloire d'un régime désireux de compter parmi les plus brillants de l'histoire, et de rivaliser avec ceux de l'Antiquité, notamment Rome et Athènes.

Longtemps décrié par l'Église, le théâtre est protégé depuis le règne de Louis XIII grâce à Richelieu qui en a perçu l'intérêt idéologique. Son répertoire s'est considérablement développé sous l'influence de commandes officielles et des protections dont les auteurs font l'objet. Il anime régulièrement les fêtes de l'aristocratie comme celles de la Cour. De plus, les réflexions poétiques menées par les auteurs et les doctes ont progressivement élaboré un certain nombre de règles contraignantes et régulièrement débattues dont le but principal est de satisfaire les exigences du public. C'est ce public (dont les dames, déjà, « composent la plus belle partie », selon Corneille) qui s'érige progressivement en principal arbitre du bon goût, comme le montre le triomphe du *Cid*, en 1637 au détriment des règles alors en vigueur.

Depuis le règne de Louis XIII, la vie sociale est également devenue plus policée. La civilité, la galanterie, la culture artistique deviennent progressivement des valeurs à part entière aux yeux d'une élite constituée à la fois de l'aristocratie et de la bourgeoisie aisée dont l'influence s'affirme. Un ensemble de valeurs sociales naît alors, dont l'œuvre de Molière porte la trace et que résume l'idéal mondain de l'« honnête homme ».

1.

Un règne florissant et favorable aux arts

1. *Louis XIV, un mécène*

En France, l'instauration d'un pouvoir fort et centralisé, qui s'annonce au début du règne personnel de Louis XIV, encourage une grande fécondité intellectuelle et artistique. Le Roi-Soleil apprécie les arts. Il est soucieux de leur développement et met en place un système qui accorde, à partir de 1663, des gratifications et des pensions aux artistes de son époque afin d'encourager leurs travaux. Peu à peu, le roi se substitue aux mécènes particuliers qui existaient jusqu'alors et devient le principal soutien d'artistes qui deviennent de ce fait « officiels ». Le cas de Molière est exemplaire de ce que peut signifier alors une « carrière littéraire » puisque le comédien, qui a connu différents protecteurs dans ses débuts (le duc d'Épernon, puis le prince de Conti), se rapproche de la faveur royale en étant protégé par le duc d'Orléans et Fouquet.

Enfin, il devient en 1665 l'un des auteurs favoris de Louis XIV, à la tête de la « Troupe du roi ». Ce mécénat royal suscite de fortes rivalités entre auteurs : dans *Les Femmes savantes* (1672), la joute verbale entre Vadius et Trissotin, à la scène 3 de l'acte III, s'en fait l'écho. Avec une morgue burlesque, les deux pédants s'y défient en duel à la façon des gentilshommes de la Fronde : « Vadius : Ma plume t'apprendra quel homme je puis être. Trissotin : Et la mienne saura te faire voir ton maître » (v. 1041-1042). Pensions et gratifications n'ont cependant rien de gratuit et les artistes du temps en sont conscients : elles sont liées à l'idée selon laquelle les œuvres de l'esprit servent le monarque (identifié à « l'État ») et l'intérêt général. C'est le sens de la question adressée par Clitandre à Trissotin : « Que font-ils pour l'État, vos habiles héros ? / Qu'est-ce que leurs écrits lui rendent de service ? » (v. 1356-1357).

2. *L'âge des salons*

Protégés par le prince, les arts façonnent également les goûts et les pratiques de la société aristocratique et bourgeoise. La fin des guerres de Religion a suscité en France un renouveau intellectuel au sein d'une bourgeoisie désormais désireuse de cultiver le goût et l'esprit selon l'héritage humaniste. Depuis près d'un siècle, grâce à la création de nombreuses institutions religieuses, l'éducation s'est répandue hors des cours princières dans les villes, parmi la noblesse de robe et la bourgeoisie qui composent les couches les plus favorisées de la société. Signe de ces évolutions, la création de « salons » (on parle plutôt à l'époque de « compagnie », de « ruelle » ou de « commerce »), où hommes et femmes se rencontrent librement (fait unique en Europe) et contribuent au travers d'échanges et de débats à diffuser une culture galante, inspirée par la Renaissance italienne. On se délecte de la lecture de *L'Astrée* d'Honoré d'Urfé (1567-1625), véritable référence sentimentale et héroïque de tout le siècle, on vante les qualités de « l'honnête homme », comme le fait dès 1630 Nicolas Faret dans son ouvrage intitulé *L'Honnête homme ou l'Art de plaire à la cour*. L'idéal de l'« honnêteté » définit à l'époque une vertu sociale faite d'élégance et de mesure, en paroles comme en actes, qui doit conduire l'honnête homme à savoir plaire à la Cour comme à la ville. Dès 1620, peu avant la naissance de Molière, le salon de Mme de Rambouillet (1588-1665) a fait triompher ce modèle d'urbanité, heureuse rencontre entre un caractère complaisant, un esprit modéré, naturel et enjoué. Les *Lettres* de Jean-Louis Guez de Balzac (1595-1654) figurent parmi les modèles littéraires à travers lesquels se définit cet idéal d'individu mondain et raffiné, sachant plaire, courtiser, converser, écrire. Si certains de ces salons sont le creuset d'un courant dit « précieux », dont les dérives chez deux cousines de province sont moquées par Molière en 1659, dans les *Précieuses ridicules*, ils jouent surtout un rôle de premier plan, notamment après la Fronde, dans la définition des idéaux artistiques et sociaux du classicisme. Tandis que Mlle de Scudéry publie de longs romans sentimentaux, notamment *Artamène ou le Grand Cyrus* ou *Clélie*, qui paraissent entre 1649 et 1660, Mme de Lafayette publie en 1678 *La Princesse de Clèves*, accomplissement de la culture raffinée et galante qui a imprégné les salons depuis le début du siècle.

3. L'émancipation des femmes dans les codes d'une sociabilité nouvelle

L'usage des salons mondains, où règnent les « hôtesses », va de pair avec l'accession d'une élite féminine au savoir. À l'époque où écrit Molière, l'éducation des filles est une chose globalement admise… dans les milieux favorisés ! Pourtant, la fin du XVIe siècle avait soulevé bien des détracteurs aux aspirations des femmes. On légitime à l'époque leur infériorité par rapport aux hommes par des arguments théologiques (Ève, dans la Genèse, étant issue d'une côte d'Adam !), ou par des facultés naturelles moindres. Surtout, il est déjà reproché aux femmes de n'utiliser le savoir qu'à des fins mondaines. Ainsi Montaigne dresse-t-il déjà un portrait fidèle de Philaminte ou d'Armande dans le troisième livre des *Essais* : « [Les femmes] se servent d'une façon de parler et d'écrire nouvelle et savante et allèguent Platon et saint Thomas aux choses auxquelles le premier rencontré servirait aussi bien de témoin. » Un propos que ne désavouerait pas Chrysale qui étend la critique jusqu'à la condamnation morale pure et simple : « Il n'est pas bien honnête, et pour beaucoup de causes, qu'une femme étudie et sache tant de choses » (v. 571-572).

Or, si Chrysale ou Arnolphe dans *L'École des femmes* sont vigoureusement opposés à l'éducation des jeunes filles, ce sont aussi des personnages ridicules. Molière était, quant à lui, tout à fait conscient de la légitimité de l'accès des femmes au savoir et n'a jamais moqué que l'excès de pédantisme ou l'esprit dogmatique. C'est cet idéal de culture sans ostentation qu'il laisse à Clitandre le soin d'exposer : « Je consens qu'une femme ait des clartés de tout / Mais je ne lui veux point la passion

choquante / de se rendre savante afin d'être savante »
(v. 218-220). Même Henriette, ce modèle de raison
mesurée, n'est pas sans être imprégnée de la culture
mondaine des salons, comme le montrent certaines de
ses répliques et, notamment, le cas de psychologie amoureuse qu'elle expose à Trissotin, à la scène 1 de l'acte V
en lui apprenant qu'il existe plusieurs façons d'aimer :
« Cette amoureuse ardeur qui dans les cœurs s'excite /
N'est point, comme l'on sait, un effet du mérite / Le
caprice y prend part, et quand quelqu'un nous plaît /
Souvent nous avons peine à dire pourquoi c'est. »

L'émancipation des femmes par le savoir diffusé et
débattu dans les salons constitue donc une des réalités
du siècle. Elle fait de certaines hôtesses des salons
mondains des auteurs de premier plan, comme Mlle de
Scudéry, ou Mme de Lafayette. Mais elle se fait aussi
grâce aux connaissances scientifiques. Tandis que les
femmes se passionnent pour les questions de physique,
de mathématiques ou de philosophie et assistent aux
conférences qui se donnent alors, plusieurs ouvrages
font l'éloge de ce nouvel accès des femmes aux sciences,
qu'il s'agisse de Marguerite Buffet, qui publie en 1668
les *Éloges des illustres savantes*, ou de Jean de La Forge,
qui célèbre dans son *Cercle des femmes savantes* celles qui
composent de la poésie, tentent de suivre les progrès
scientifiques de leur temps, « et veulent pénétrer d'un
esprit curieux / Ce que cache la Terre et ce qu'offrent
les Cieux ». En effet, c'est en 1673, un an après la première représentation des *Femmes savantes*, que le philosophe cartésien Poullain de La Barre écrit dans *De l'égalité
des deux sexes* cette phrase dont Simone de Beauvoir se
souviendra près de trois siècles plus tard : « L'esprit n'a
pas de sexe. »

Si la culture galante des salons du XVIIe siècle définit

un idéal d'honnêteté, elle n'en restreint pas le modèle
à l'espace social. Ces valeurs influencent aussi les concep-
tions esthétiques du siècle qui se traduisent à leur tour
dans le langage et dans l'œuvre d'art classiques.

2.
L'idéal classique en littérature

1. *Le bien parler*

Bien que l'Académie française soit l'institution chargée
depuis 1637 de la création d'un dictionnaire dont elle
reçoit le monopole exclusif, les salons mondains sont
les véritables laboratoires du français au xviie siècle, et
les femmes y jouent un rôle de premier plan. Depuis la
fin du xvie siècle, c'est sous leur influence que s'opèrent
une distinction d'usage entre mots galants et mots grossiers ou l'élimination de certains termes du vocabulaire
jugés vieillis. Tout comme Montaigne qui dédaigne cette
« superstition des paroles », Molière distingue la juste
mesure de l'excès réformateur et sait tourner en dérision
les dérives pédantes, lorsqu'il fait dire à la Magdelon
des *Précieuses ridicules* qui réclame une chaise à sa servante : « Voiturez-nous ici les commodités de la conversation. »

Pourtant, loin d'être aussi excessif, le langage des
salons vise, au contraire, à éviter les artifices. Il prône le
bon usage et croit trouver celui-ci au plus près du langage naturel de l'élite cultivée. Vaugelas (dont se réclame
Philaminte au vers 462), auteur en 1647 des *Remarques
sur la langue française*, fait partie de ceux qui œuvrent à
exporter hors des salons (et notamment de celui de

Mme de Rambouillet, dont il fut un habitué) un beau langage, défini par l'observation des usages de l'élite comme « la façon de parler de la plus saine partie de la Cour, conformément à la façon d'écrire de la plus saine partie des Auteurs du temps ». C'est pourtant l'opinion que ce même Vaugelas professe par rapport aux femmes qui lui vaut sans doute d'être égratigné par Molière en tant que référence principale des Philaminte et Armande, lorsqu'il écrit : « Dans les doutes du langage, il vaut mieux consulter les femmes et ceux qui n'ont point étudié… parce qu'il vont tout droit à ce qu'ils ont accoutumé de dire ou d'entendre dire. » Il n'en demeure pas moins que le mot d'ordre est le naturel (de « ceux qui n'ont point étudié ») et « l'usage ». Philaminte et Armande, plus raisonnables sur ce point que les précieuses ridicules, donnent du beau langage une définition appropriée, lorsqu'elles affirment récuser les termes « sauvage[s] et bas » (v. 461) et défendre un langage « fondé sur la raison et sur le bel usage » (v. 476).

2. *L'idéal de la doctrine classique*

L'art classique qui émerge à cette époque est lui-même défini par la raison, la mesure et le naturel. Il se définit dans le prolongement des modèles hérités des penseurs de l'Antiquité, notamment des philosophes grecs Platon (427-348 av. J.-C.) et surtout Aristote (384-322 av. J.-C.) et du poète latin Horace (65-8 av. J.-C.), dont les écrits sont peu à peu diffusés à l'époque. Ces modèles antiques définissent à plusieurs siècles d'écart l'idéal artistique de l'époque classique, selon le principe fondamental qui dirige alors la création : l'imitation des Anciens.

Conformément à la pensée grecque, l'art classique se donne pour objectif la représentation d'une nature idéale, considérée comme le reflet de la perfection divine. Il ne s'agit donc pas de représenter les choses comme elles sont, mais comme elles doivent être. Dans le même temps, le théâtre s'affirme comme un genre gouverné par le principe de l'illusion dramatique. Par conséquent, il doit représenter les événements de façon non pas véritable, mais vraisemblable, afin de susciter l'adhésion du public. C'est pour respecter cette obligation de vraisemblance que le théâtre s'impose le respect d'une large diversité de règles parmi lesquelles on peut citer le respect de la séparation stricte des genres et des registres correspondants (le tragique et le comique), la conformité des paroles aux personnages qui définit la règle dite de la bienséance, ou encore le respect de la règle des trois unités : unité de lieu, unité de temps et unité d'action. Enfin, l'œuvre d'art classique est indissociable de sa réception. Elle doit susciter chez le spectateur du plaisir mais aussi une élévation morale : responsabilité qui relève à nouveau de l'impératif de bienséance.

3. Molière et la comédie classique

Molière n'a guère brillé dans la production théâtrale de son époque par un respect scrupuleux des règles. Il n'a eu, en revanche, de cesse d'affirmer l'implicite qui conduit tous les débats poétiques du temps : les règles n'existent que dans un souci d'efficacité pour assurer le plaisir du spectateur. Cependant, Molière a progressivement conformé son théâtre à l'utilité morale attendue de l'œuvre d'art, et sans laquelle il n'aurait su être qu'un « farceur » (un faiseur de farces). C'est notamment l'évolution qui se dessine à partir des scandales déclenchés par *L'École des femmes* (1662), et surtout de *Tartuffe* (1664). À partir de cette époque, Molière définit la comédie classique comme devant « rendre agréablement sur le théâtre les défauts de tout le monde » (*La Critique de l'École des femmes*). Pour cela, une règle : « Il faut peindre [les hommes] d'après nature. » Molière l'a bien compris, après Corneille, la force de la comédie réside dans la capacité de l'œuvre d'art à refléter le réel. La façon dont Molière se situe dans l'esthétique classique lui fait donc choisir comme point de départ l'univers réaliste de son public, c'est-à-dire les caractères, les usages, les références, les expressions à la mode de la société de son époque, et en particulier de celle des salons mondains. Ainsi s'explique le ridicule de ceux qui dérogent à l'idéal de l'honnêteté dont Molière a nourri ses satires de mœurs : dogmatiques pédants et « bourgeois gentilshommes », avares ou tartuffes, médecins ignares et patriarches rétrogrades.

Nous considérons aujourd'hui, à juste titre, Molière comme le principal représentant de la comédie classique, en raison des innovations d'un auteur désireux de faire de celle-ci le miroir de son époque.

3.
Les débats du classicisme

En matière de métaphysique, comme de physique ou de morale, les années qui précèdent *Les Femmes savantes* opposent différentes doctrines rendues nouvellement accessibles au public des salons par le fait que les auteurs commencent à écrire non plus en latin, mais en français, à l'instar du philosophe René Descartes, en 1637, dans le *Discours de la méthode*. La vulgarisation scientifique naît également, sous forme de recueils publiés,

comme *Le Journal des savants*, à partir de 1665, qui fait
régulièrement la somme des connaissances de son temps.
Les traductions des auteurs anciens se répandent de plus
en plus. *Les Femmes savantes*, en prenant pour sujet un
salon mondain parodique, n'en portent donc pas moins
la trace des débats qui ont cours au XVIIᵉ siècle.

1. *Le débat sur la connaissance*

Comment parvenons-nous à connaître le monde ?
Pouvons-nous faire confiance à nos sens ? Les termes du
débat opposant Henriette à Armande font écho sur le
mode burlesque à la divergence philosophique qui sépare
René Descartes et Pierre Gassendi dans les années 1640
en matière de théorie de la connaissance. Reprenant à
son compte la séparation de l'âme et du corps, vue classique typiquement héritée de l'Antiquité, René Descartes fait de la raison humaine le principal instrument
de la connaissance. C'est avec lui que les « savantes » que
sont Philaminte et Armande donnent à la raison « l'empire souverain » contre les « appétits grossiers » du corps
et contre les sensations. Pierre Gassendi, au contraire,
développe une théorie de la connaissance sensualiste et
fondée sur l'expérience : il est impossible, selon lui, de
connaître le monde qui nous entoure sans en faire l'expérience sensible. C'est la position défendue par Henriette lorsqu'elle ironise : « je sais que sur vos sens / Les
droits de la raison sont toujours tout-puissants », avant
de revendiquer pour sa part « les sens », « les plaisirs »,
« la matière ». Également gassendiste, Chrysale se livre
plus loin à une réhabilitation en règle du corps : « Oui,
mon corps est moi-même, et j'en veux prendre soin /
Guenille si l'on veut, ma guenille m'est chère » (v. 542-
543).

2. *Le débat sur la matière*

Les débats sur la physique occupent également la réflexion des penseurs du temps de Molière, et *Les Femmes savantes* s'y réfèrent aussi. De quoi est constituée la matière ? À l'époque, la théorie antique d'une matière composée d'atomes, inspirée en particulier de Lucrèce, connaît un vif succès, et s'oppose à la théorie cartésienne selon laquelle la nature n'est qu'une étendue qui ignore le vide. C'est précisément l'objection cartésienne que formule Bélise : « le vide à souffrir me semble difficile ». L'appétit des femmes savantes pour les questions de physique se lit à la scène 2 de l'acte III où c'est à nouveau en philosophe burlesque que Bélise, indignée, décrit Chrysale : « Est-il de petits corps un plus lourd assemblage ! / Un esprit composé d'atomes plus bourgeois ? » (v. 616-617).

Avec les progrès des instruments scientifiques tels que le télescope, le XVIIᵉ siècle découvre progressivement le système solaire et ses planètes. Lorsque Molière écrit, les idées sur l'héliocentrisme de Kepler et de Galilée (qui abjure en 1633) se diffusent. Aussi Philaminte a-t-elle installé chez elle un télescope, « cette longue lunette à faire peur aux gens », selon Chrysale. Descartes propose à l'époque de voir dans l'espace des « tourbillons », préfiguration des lois de la gravitation universelle que vante Armande, ou des « mondes tombants » qui sont en réalité les comètes et météorites. La lune, surtout, concentre les interrogations depuis que Cyrano de Bergerac, qui a fréquenté le collège de Clermont en même temps que Molière, y a placé un peuple offrant l'image d'un monde renversé : une fantaisie littéraire à laquelle plus personne n'adhère et qui explique que Molière ironise des prétentions des femmes savantes à l'astronomie en faisant dire à Philaminte : « J'ai vu clairement des hommes dans la lune » !

À maints égards, le classicisme est l'âge des idéaux. Idéal de sociabilité et de galanterie à travers la figure de l'« honnête homme », auquel souscrit toute la culture des salons, y compris parce que l'honnête homme, en préconisant la soumission amoureuse, permet l'émancipation d'une élite féminine, ce dont *Les Femmes savantes* se font l'écho. Idéal littéraire aussi, puisque, en faisant de la littérature l'un des piliers de la culture, le classicisme fait de l'œuvre d'art le garant d'une morale sociale. Même dans le rire de la comédie, cet idéal triomphe en tant que réponse à la réalité, comme si le classicisme avait recherché à établir un rapport de miroir entre la littérature et le monde.

Pour aller plus loin

Bibliothèque de la Pléiade, *Molière, œuvres complètes, II*, édition dirigée par Georges FORESTIER avec Claude BOURQUI, Éditions Gallimard, 2010.

La Littérature française : dynamique et histoire I, « XVIIᵉ siècle », ouvrage sous la direction de J-Y. TADIÉ, Folio Gallimard, 2007.

Emmanuel BURY, *Le Classicisme*, Nathan, 1993.

Suzanne GUELLOUZ, *Le classicisme*, « en perspective », La bibliothèque Gallimard, 2007.

Genre et registre

La comédie régénérée

LA TRAGÉDIE CONCENTRE AU XVIIᵉ SIÈCLE l'attention des doctes. En tant que genre noble, elle est soumise en priorité aux règles (celles des trois unités, de la vraisemblance, de la bienséance) que les auteurs mettent en pratique et dont ils débattent à travers leurs œuvres. À l'opposé, la comédie a relativement peu connu les rigueurs de la régulation, et les auteurs, à l'image de Molière, sont donc moins scrupuleux d'observer des contraintes que d'emporter l'adhésion du public.

Le peu de lignes consacrées à la comédie dans *La Poétique* d'Aristote la définit comme « une imitation des plus méchants hommes. Quand je dis méchants, ce n'est pas dans toutes sortes de vices, mais seulement dans le ridicule ». Or Molière a donné à cette « imitation » du « ridicule » l'une de ses formes les plus abouties. Familier de l'art de la farce, dont le public de l'époque était friand, ce fils de bourgeois connaissait aussi les aspirations des milieux mondains et cultivés. En réalisant la synthèse théâtrale de tous les éléments comiques, mais surtout en parvenant à représenter sur scène la société de son temps, Molière a trouvé le triomphe réservé à celui qui, le premier, tendrait un miroir à ses contem-

porains, en faisant de la comédie un genre destiné à
« plaire et à instruire ».

1.

Une rénovation de la comédie
au XVIIᵉ siècle

1. *La comédie avant Molière*

Les auteurs de théâtre du début du XVIIᵉ siècle ont
peu écrit de comédies. On délaisse ce genre, considéré
comme bas, aux spectacles de foire et aux farces, repré-
sentées notamment à l'Hôtel de Bourgogne. Cependant,
dès la fin du XVIᵉ siècle, les troupes italiennes de la *commedia dell'arte* ont commencé à venir à Paris. Les Français
se passionnent pour ces personnages stéréotypés riva-
lisant d'adresse et d'improvisations verbales (les *lazzi*),
et jouant sur des canevas figés des scènes où le comique
de situation, les grivoiseries et les coups de bâton sont
monnaie courante.

À partir des années 1630, la comédie profite de la
réhabilitation du théâtre sous l'impulsion de Richelieu
et séduit un public mondain plus exigeant auquel les
héros de la tragédie et de la tragi-comédie ne suffisent
plus. Corneille, Mairet, Rotrou ou Scarron font partie
de cette nouvelle génération d'auteurs nés dans la première décennie du siècle. Ils puisent dans leurs créations à trois sources d'inspiration principales : la comédie
latine, la *commedia dell'arte* (qui découle de la précédente) et la comédie espagnole. Tandis que Corneille
développe des intrigues sentimentales autour de la
constitution de couples galants de la noblesse, Rotrou

explore différents modèles de comédies, notamment
la comédie pastorale, et adapte également plusieurs
comédies de Plaute. Scarron, quant à lui, transpose
dans la comédie française le personnage du valet de la
comédie espagnole qui, avec le Brighella et l'Arlequin
de la *commedia dell' arte* italienne, donnera naissance aux
valets de Molière. C'est également dans une comédie
espagnole, *Le Festin de Séville ou le Convive de pierre* (1625)
de Tirso de Molina, que Molière tire l'une de ses plus
célèbres comédies, *Le Festin de pierre*, plus connue sous le
titre *Dom Juan*. La comédie, avant Molière, est donc un
vaste champ hétérogène, traversé par des influences
diverses qui contribuent à son renouvellement.

2. *La synthèse comique d'un auteur de son temps*

De ces influences qui structurent le paysage comique
à son époque, Molière fait la synthèse. Au cours du
séjour de 1645 à 1658 qu'il effectue dans le sud-ouest de
la France, il joue principalement des farces destinées à
faire rire l'aristocratie provinciale. Une fois rentré à
Paris, Molière partage avec Tiberio Fiorelli, le chef de
file des comédiens italiens, la salle du Petit-Bourbon :
occasion d'observer de près les personnages de cette
proche parente de la farce française qu'est la *commedia
dell' arte* où il puise un matériau abondant.

À côté de cette *vis comica* héritée des formes popu-
laires du théâtre, Molière a compris la nécessité d'adapter
la comédie aux souhaits des élites cultivées qui, lorsqu'elles ne sont pas dévotes, sont friandes de théâtre.
C'est avec *Les Précieuses ridicules* en 1659 — l'ancêtre des
Femmes savantes — qu'il invente une nouvelle forme de
théâtre qui triomphe très rapidement. Certes, *Les Pré-*

cieuses ridicules sont encore intimement liées à l'univers de la farce : caractères outranciers, valets déguisés et coups de bâton. Molière, de surcroît, offre à Jodelet (1590-1660), immense acteur de farce de la première moitié du XVIIᵉ siècle, l'un de ses derniers rôles auquel il donne son nom. Cependant, la pièce de Molière manifeste également, pour la première fois, la volonté d'instaurer entre la scène et le monde un rapport satirique où sont représentés les travers de l'époque. Certes, elle caricature, mais ses caricatures ne sont plus des types intemporels connus auparavant (jeune premier, barbon, docteur, valet…) : ce sont des caricatures des contemporains de Molière, et en particulier de cette société des salons mondains qui constituent le cœur de son public. Ce comique de connivence, qui pousse l'auteur des *Précieuses ridicules* à écrire *L'École des femmes* selon un procédé similaire, peut donc être considéré comme le miroir déformant que Molière tend à son public. Il explique son succès de même qu'il explique la récurrence des thèmes de son théâtre (l'éducation et le savoir des femmes, le mariage et la jalousie, l'attitude de l'honnête homme…) qui sont précisément ceux dont débattent ses contemporains.

2.

La comédie moliéresque, entre réalisme et morale

1. *« Peindre d'après nature »*

L'ambition satirique de Molière, tout comme le genre nouveau de comédie qu'il a mis en place à travers ses pièces, a partie liée avec la volonté de dépeindre la société. En cela, elle pose la question du réalisme. Molière suit les prescriptions de la comédie énoncées notamment par Corneille, son aîné. Celui-ci affirmait déjà en 1634, dans l'« Avis au lecteur » de *La Veuve* : « La Comédie n'est qu'un portrait de nos actions et de nos discours, et la perfection des portraits consiste en la ressemblance. » Corneille fait donc de la comédie un genre « ressemblant », c'est-à-dire, pour reprendre le terme d'« imitation » d'Aristote, un genre mimétique. Molière suit fidèlement ce précepte lorsqu'il déclare, dans *La Critique de l'École des femmes*, vouloir « peindre d'après nature ». Pour ce faire, nul besoin de peindre des individus : Molière, à l'exception notable de Cotin devenu Trissotin dans *Les Femmes savantes*, a toujours déclaré s'y refuser. Il s'agit, au contraire, de peindre des caractères incarnant les défauts que la comédie entend représenter et donc, à travers Tartuffe, Alceste ou Arnolphe, de peindre l'hypocrite faux dévot, le misanthrope ou l'avare.

Il faut pourtant relativiser, au regard de la signification qu'a prise pour nous le terme de « réalisme » depuis le XIXᵉ siècle, celui que les auteurs de théâtre du XVIIᵉ siècle, et en particulier Molière, entendaient mettre en œuvre dans leurs écrits. La volonté de peindre « d'après nature » signifie en réalité que la comédie représentant le monde n'est pas soumise aux mêmes exigences d'idéalisation et d'héroïsation que celles que connaît la tragédie. Cela ne signifie pas pour autant que l'œuvre comique puisse représenter sans nuance tous les défauts de ses contemporains : elle contreviendrait dans ce cas à la bienséance. En réalité, « peindre d'après nature » signifie pour Molière que c'est la société de son époque qui doit servir de référent principal aux caractères que le théâtre met en scène. Représenter le « misanthrope » ne prend son sens que si ce travers appartient aux dérives observées dans le cadre de la sociabilité policée des salons mondains. Représenter des « précieuses ridicules » n'a de valeur que pour montrer les dérives commises par Cathos et Magdelon par rapport aux véritables précieuses. En cela, la dimension réaliste est indissociable de la visée morale puisqu'il s'agit bien de dresser aux hommes qui composent l'élite un portrait révélateur des défauts qui les menacent.

2. *« Des leçons agréables »*

Dans les années 1660, suite au succès des *Précieuses ridicules* et de *L'École des femmes*, Molière a des détracteurs qu'il juge sage de ménager. Avec *Tartuffe*, c'est une véritable cabale qu'il déclenche, puisque le parti des dévots obtient du roi l'interdiction des représentations publiques de la pièce, en 1664. Molière prend donc progressivement en compte la nécessité d'accorder la comédie aux exigences de la morale, ce dont témoigne l'évolution du discours préfaciel de ses pièces. Tandis que *L'École des femmes*, en 1662, insistait surtout sur la nécessité de « faire rire les honnêtes gens », la préface de *Tartuffe* définit la comédie comme « un poème ingénieux qui, par des leçons agréables, reprend les défauts des hommes ». « Agréables », « reprend » : c'est là, formulé en termes proches le « *placere* et *docere* » (plaire et instruire) qui, inspiré d'Horace, constitue l'idéal de l'œuvre d'art au XVIIᵉ siècle. Selon celui-ci, l'œuvre d'art est indissociable du contexte de sa réception. La comédie, de ce fait, apparaît comme un outil privilégié pour accomplir une œuvre d'utilité publique : « Les plus beaux traits d'une sérieuse morale sont moins puissants, le plus souvent, que ceux de la satire ; et rien n'en reprend mieux la plupart des hommes que la peinture de leurs défauts », dit encore la préface de *Tartuffe*. La comédie de Molière a donc une visée morale, comme pour justifier l'ambition nouvelle qu'elle acquiert chez lui : décrire « d'après nature » les ridicules de son temps.

3.

La satire dans *Les Femmes savantes*

1. *D'une satire de pédants...*

Il n'était pas rare, à l'époque, que les pièces de théâtre soient l'occasion de règlements de comptes et de polémiques. Molière ne s'en est pas privé en écrivant deux comédies critiques ayant pour but de défendre son théâtre : *La Critique de L'École des femmes* et *L'Impromptu de Versailles*. Pourtant, il a souvent nié s'attaquer aux personnes, prétendant que « si quelque chose était capable de le dégoûter de faire des Comédies, c'était les ressemblances qu'on y voulait toujours trouver, et dont ses ennemis tâchaient malicieusement d'appuyer la pensée pour lui rendre de mauvais offices auprès de certaines personnes à qui il [n'aurait] jamais pensé » (*L'Impromptu de Versailles*). Pourtant, la façon dont sont décrits les pédants des *Femmes savantes* ne laisse aucun doute sur ceux que les portraits visent.

Trissotin et Vadius désignent deux auteurs de l'époque avec lesquels Molière a entretenu des rapports conflictuels : l'abbé Cotin (dans le rôle de « Trissotin », c'est-à-dire « trois fois sot..., comme Cotin ») et Gilles Ménage (dans celui de Vadius). Le premier était un homme important de l'époque. Académicien, occupant la charge d'aumônier du roi, c'était aussi un théologien et un helléniste (« souffrez que pour l'amour du grec, Monsieur, on vous embrasse »). Type accompli de l'abbé mondain, il a fréquenté la plupart des salons de l'époque où il suscitait l'admiration par ses vers de poésie précieuse, à l'exemple de celui qui est raillé par Molière sous le titre de « Sonnet à la princesse Uranie sur sa fièvre », à la scène 2 de l'acte III. Polémiste acharné, il s'en prit à Ménage et à Boileau, avant d'embrasser le parti des dévots contre le théâtre, dénonçant *Tartuffe* et *Dom Juan* en surnommant leur auteur « le Héros mimique » par déformation péjorative de l'adjectif « comique ». L'attribution du personnage de Vadius est moins certaine, même si la tradition y a reconnu le poète Gilles Ménage. Poète et helléniste, esprit volontiers cinglant, il latinisait son nom en Aegidius Menagius, ce qui lui vaut dans *Les Femmes savantes* le surnom de Vadius, associé, à la scène 3 de l'acte IV, à « Rasius et Baldus », c'est-à-dire au « raseur » et au « baudet » !

Vadius et Trissotin rassemblent tous deux l'essentiel des caractéristiques des pédants, tels que les comédies précédant *Les Femmes savantes* ont pu en donner le portrait : professant un amour des connaissances et des considérations élevées, le pédant se caractérise en réalité par de bas appétits (gloutonnerie, avarice, luxure). Poseur, vaniteux, il renie à la fois les valeurs de la sociabilité et les valeurs intellectuelles en professant un savoir dépassé (ce que symbolise le latin) et est peu soucieux de partage.

2. ... à celle de « *femmes savantes* » moins ridicules qu'il n'y paraît ?

Contrairement à Vadius et Trissotin, les trois « femmes savantes » que sont Bélise, Armande et Philaminte ne

sont pas égales devant la satire. Si Bélise est probablement, du fait de ses « visions », la plus proche d'un
univers de farce puisqu'elle ressuscite le personnage de
la « vieille coquette », Armande et Philaminte ne pèchent
que par excès. Aussi le père Rapin pouvait-il trouver, en
1674, que « le ridicule des femmes savantes n'est pas
tout à fait poussé à bout ». Philaminte, même, se révèle
tout à fait exemplaire et digne lorsque Ariste lui apprend
la ruine de sa famille à la dernière scène : elle donne la
preuve que son amour pour les choses spirituelles n'est
pas feint : « Il n'est pour le vrai sage aucun revers funeste,
/ Et perdant toute chose, à soi-même il se reste » (v. 1707-
1708). Armande, quant à elle, a beau refuser par principe le mariage et laisser éclater son dépit en voyant
approcher celui d'Henriette et de Clitandre, elle ne le
fait qu'au nom d'une indépendance dont elle est la première victime en voyant que son ancien amant va épouser
sa jeune sœur.

Certains lecteurs, au cours des siècles, se sont parfois
accordés pour critiquer la détermination avec laquelle
Molière semblait exclure les femmes du savoir pour les
cantonner à leurs travaux ménagers. Cette perspective
ne tient pas compte du fait que la satire, dans *Les Femmes
savantes*, ne vise pas à critiquer un défaut moral (celui
que pourrait représenter une femme ayant acquis un
savoir), il s'agit plutôt d'une satire de caractères, puisque
c'est bien un travers de comportement que la comédie
dénonce, en l'occurrence le mauvais usage de ce savoir.
De fait, l'essentiel des pointes satiriques qui atteignent
Philaminte et Armande est destiné d'abord à Vadius et
Trissotin : pédantisme, absence d'esprit critique, vanité.
Philaminte et Armande, malgré leurs travers, ne sont
pas la cible d'une satire des femmes cultivées, qui consti-
tuaient précisément l'idéal des « hôtesses » des salons

mondains et précieux du public de Molière. Elles incarnent le renversement des valeurs mondaines en faisant du savoir une soumission à l'autorité d'un pédant, du beau langage une hypercorrection tyrannique et en transformant la sociabilité en coquetterie. Ainsi étrangères à leur but, elles le sont également à elles-mêmes. Son refus de la matière et du corps, du mariage, de la famille, du foyer fait de la « femme savante », aux yeux des contemporains de Molière, une créature contraire à la « nature », idéal de mesure, et véritable pierre de touche de la morale du siècle.

Pour aller plus loin

Bibliothèque de la Pléiade, *Molière, œuvres complètes, II*, édition dirigée par Georges FORESTIER avec Claude BOURQUI, Éditions Gallimard, 2010.

Gabriel CONESA, *La Comédie à l'âge classique*, Seuil, 1995.

Patrick DANDREY, *Molière ou l'Esthétique du ridicule*, Klincksieck, 1992.

André DEGAINE, *Histoire du théâtre dessinée*, Nizet, 2001.

L'écrivain à sa table de travail

Précieuses ou femmes savantes?
De la farce à la « grande comédie »

IL N'A ÉTÉ CONSERVÉ AUCUN MANUSCRIT suscep-
tible d'aider à comprendre le travail de dramaturge
par lequel Molière a élaboré ses pièces, à tel point que
certains critiques ont même parfois remis en cause
leur attribution, pensant que Corneille pouvait en être
l'auteur! En outre, à la différence de certaines de ses
autres œuvres (notamment *Tartuffe*), *Les Femmes savantes*
n'ont connu qu'un seul état de publication, en 1672.
Dès lors, il faut, pour comprendre le travail de l'écrivain,
interroger les textes qui ont pu fournir des thèmes et
des situations en vogue que Molière a réutilisés : une
pratique courante à l'époque où l'originalité ne constitue pas une nécessité. D'autre part, et pour relativiser
l'influence de cette inspiration extérieure, on peut faire
remarquer que l'instruction des femmes est un thème
particulièrement récurrent dans l'œuvre de Molière. Son
traitement dans *Les Femmes savantes*, où il est associé à
celui du pédantisme, invite à analyser la pièce comme
une variation générique sur un thème semblable, effectuée
treize ans plus tôt dans *Les Précieuses ridicules*, et où peuvent se lire les constantes d'une pensée, mais aussi les
ambitions comiques du dernier Molière.

1.

La genèse des *Femmes savantes*

1. *Les sources multiples d'un matériau alors en vogue*

La littérature des années 1660 a fait du thème de la « femme savante » une mode, lancée notamment par les réflexions que Madeleine de Scudéry place, en 1653, dans le dixième tome de son roman fleuve, *Artamène ou le Grand Cyrus*, où l'on peut lire :

> Je suis loin de proposer que les femmes soient savantes, ce qui à mon sens serait au contraire une grande erreur ; mais entre la science et l'ignorance il y a quelque moyen terme que l'on devrait précisément adopter [afin de permettre aux femmes] de comprendre les conversations de l'homme instruit, de pouvoir disserter sur toutes choses, non par sentences, ni comme un livre, mais en quelque sorte comme la saine raison humaine qui médite et n'a pas à rougir de son savoir.

Instruites sans être savantes : tout est donc affaire de limites. Or, la littérature satirique et comique de l'époque s'embarrasse rarement de nuances et associe peu à peu — au grand dam de celles et ceux qui considèrent l'instruction des femmes légitime — la figure de la « femme savante » à celle du pédant. Émancipée des devoirs « naturels » qui la cantonnent au foyer, la femme savante est considérée comme une créature artificielle que les faiblesses de son sexe exposent particulièrement à un usage abusif ou frivole du savoir comme du langage. Entre femme instruite et femme pédante, l'amalgame est donc rapide, d'autant plus que le personnage prête à un comique de connivence auprès du public masculin.

La farce de Molière *Les Précieuses ridicules*, en 1659, n'associe pas encore la savante et la pédante, en raison de la nature assurément farcesque de Cathos et Magdelon, de leur ignorance manifeste qui n'a d'égale que leur prétention à l'aristocratie. C'est *L'Académie des femmes* (1661) de Samuel Chappuzeau, pièce inspirée des *Précieuses ridicules*, qui représente la « femme savante » entrant en conflit avec sa servante pour une histoire de vocabulaire (comme le feront, chez Molière, Martine et Philaminte, à la scène 6 de l'acte II). Il ne reste plus alors à l'auteur des *Femmes savantes* qu'à soumettre Philaminte et Armande à l'influence des pédants que sont Vadius et Trissotin, cibles principales, et de retirer de leur rencontre un programme comique essentiellement fondé sur les caractères. Les modèles de pédants ne manquent pas dans la série de pièces burlesques qui donnent régulièrement à voir à l'œuvre ce travers détesté de la culture mondaine des salons du XVIIe siècle : là encore, Molière dispose d'un matériau abondant, depuis le vieillard ridicule occupé à réglementer la langue dans *Le Barbon* de Guez de Balzac, en 1648, jusqu'aux académiciens se louant et se querellant tour à tour (tout comme Vadius et Trissotin) pour purifier le dictionnaire, dans *La Comédie des académistes* de Saint-Évremond, vers 1650.

Ainsi définie comme le produit de la rencontre entre la précieuse et les pédants, la femme savante trouve cependant chez Molière son contrepoint avec Henriette, chargée de faire ressortir par contraste les excès et les ridicules en leur opposant toute la vérité du naturel. Modèle de la femme raisonnable par rapport à la femme dévoyée, dramaturgiquement nécessaire, le personnage répond à l'ambition morale de la comédie moliéresque, mais provient peut-être aussi de l'œuvre de Calderón *On ne badine pas avec l'amour*, une comédie espagnole dont la première partie du XVIIᵉ siècle était friande, et où rivalisent deux jeunes filles autour d'un jeune homme : l'une, Béatrix, méprisant l'amour et se flattant de connaître le grec et le latin, tandis que sa sœur, Léonor, leur préfère les joies simples du foyer.

L'essentiel est de comprendre que les sources ont sans doute été multiples, mais que *Les Femmes savantes* réalisent une synthèse réussie de thèmes qui tous connaissent à l'époque un grand succès littéraire. Précieuses, pédants et savantes sont à l'origine des caractères comme des situations des *Femmes savantes*, ils suggèrent leurs inverses « raisonnables » que sont Ariste, Chrysale et Henriette. Ainsi définis, il ne reste plus à l'ensemble des personnages qu'à manifester leurs conflits sur le terrain privilégié de la comédie de Molière : le sein même de la famille bourgeoise.

2. *Une élaboration longue*

Les Femmes savantes ont connu une longue élaboration. Dès 1668, si l'on en croit la livraison du *Mercure galant* du 12 mars 1672, Molière a le projet d'une « pièce comique de sa façon qui [sera] tout à fait achevée », c'est-à-dire en cinq actes et en vers. Le caractère « achevé » des *Femmes savantes* explique également que, de manière assez rare dans sa création, Molière ait demandé l'autorisation d'imprimer sa pièce deux années avant que celle-ci ne soit représentée pour la première fois, ce qui pourrait confirmer l'idée selon laquelle l'auteur s'attendait à un succès. Il ne semble pas possible de considérer *Les Femmes savantes* comme une œuvre écrite dans la précipitation comme pouvaient l'être parfois ses pièces de commande.

Au contraire, le tournant des années 1670 s'accompagne pour notre auteur de difficultés qui l'obligent à renouer avec le succès. Dix ans après *Les Précieuses ridicules* (en 1659) dont les représentations cessent en 1666, *L'Avare* n'obtient en 1668 qu'un succès très mitigé : on lui reproche, notamment, d'être en prose. Le choix d'un thème à la mode et la volonté de faire une grande comédie en cinq actes et en vers s'imposent donc comme les ingrédients du succès, ainsi qu'en témoignent le dernier triomphe en date, *Le Misanthrope* (1666) ou la seconde version de *Tartuffe*, en 1669.

Il ne faudrait pas pour autant considérer que *Les Femmes savantes* ne résultent que d'emprunts opportunistes à des œuvres extérieures. La pièce révèle également la maturation d'un matériau présent depuis *Les Précieuses ridicules* et qui montre l'évolution de l'œuvre vers la forme de la grande comédie.

2.

Des *Précieuses ridicules* et de *L'École des femmes* aux *Femmes savantes* : variations comiques sur un thème à succès

En 1659, *Les Précieuses ridicules* sont le premier véritable succès parisien de la troupe de Molière qui le consacre comme auteur. Cette farce en un seul acte et en prose met en scène deux provinciales, Cathos et Magdelon, fraîchement arrivées à Paris et que leur esprit pollué par les lectures galantes et précieuses conduit à se laisser berner par deux laquais se faisant passer pour des gentilshommes.

1. *Des types de la farce aux personnages de la comédie*

L'évolution qui conduit des *Précieuses ridicules* aux *Femmes savantes* concerne surtout la transformation de caractères et d'épisodes volontiers outranciers de la farce à des personnages plus étoffés et plus complexes. L'apparition de personnages incarnant la raison et la mesure témoigne, elle aussi, de cette inflexion générique.

Dans *Les Précieuses ridicules*, Cathos et Magdelon sont deux « pecques provinciales » qui font « les renchéries ». Parce que, précisément, elles ne sont pas savantes, leur ignorance les conduit à admirer le « bel esprit » de deux valets déguisés. Parmi les échos décelables entre *Les Précieuses ridicules* et *Les Femmes savantes*, le madrigal de Mascarille et sa réception par Cathos et Magdelon n'est qu'une version encore caricaturale du commentaire parodique que feront Armande, Bélise et Philaminte de l'œuvre de Trissotin à la scène 2 de l'acte III :

> Mascarille : « *Oh ! oh ! je n'y prenais pas garde*
> *Tandis que, sans songer à mal, je vous regarde*
> *Votre œil en tapinois me dérobe mon cœur,*
> *Au voleur ! au voleur ! au voleur ! au voleur !* »
> [...] Avez-vous remarqué ce commencement, *oh, oh?* voilà qui est extraordinaire, *oh, oh.* Comme un homme qui s'avise tout d'un coup, *oh, oh.* La surprise, *oh, oh.*
> Magdelon : Oui, je trouve ce *oh ! oh !* admirable.
> Mascarille : Il semble que cela ne soit rien.
> Cathos : Ah ! mon Dieu, que dites-vous ! Ce sont là de ces sortes de choses qui ne se peuvent payer.

> Magdelon : Sans doute ; et j'aimerais mieux avoir fait
> ce *oh ! oh !* qu'un poème épique.

Si Armande et Magdelon partagent la même réti-
cence pour le mariage, les deux jeunes femmes ne se
valent pas : le ridicule des précieuses est sans commune
mesure avec celui des *Femmes savantes*, comme l'énonce
Gorgibus : « Nous allons servir de fable et de risée à tout
le monde, et voilà ce que vous vous êtes attiré par vos
extravagances. » À l'inverse, le refus du mariage d'Armande est un refus du pouvoir traditionnel exercé par
les hommes, refus qui n'est pas incompatible avec les
aspirations nouvelles des hôtesses des salons mondains
du siècle. En outre, c'est bien Chrysale qui est raillé par
Molière, lorsque Philaminte manifeste son autorité.

Trissotin et Vadius, tout ridicules et pédants qu'ils
soient, sont de véritables poètes de cour. Ils n'ont donc
rien en commun avec les valets déguisés en précieux
que pouvaient être Mascarille et Jodelet, dont la gros-
sièreté, les soufflets distribués ou les coups de bâton reçus
disent suffisamment la dimension farcesque. La dispa-
rition du personnage de valet signe d'ailleurs de façon
significative l'éloignement des *Femmes savantes* du genre
de la farce. Seul le personnage de Martine le rappelle
dans une scène, écho de celle des *Précieuses*, où Magdelon
faisait des leçons de discours à Marotte. Dans la scène
correspondante des *Femmes savantes*, Martine se plaint
de menaces de coups, mais ne reçoit rien, contrairement aux valets des *Précieuses* : « On me menace, / Si je
ne sors d'ici, de me bailler cent coups. »

Évoquons enfin *L'École des femmes*, et le personnage
d'Arnolphe qui, en 1662, préfigure Chrysale. On trouve
chez lui le même ridicule du bourgeois méfiant à l'idée
que les femmes accèdent à l'instruction. Mais, tandis

que Chrysale critique un excès d'érudition dangereux pour la bonne conduite des affaires du ménage (acte II, scène 7), Arnolphe pousse son attaque de l'instruction des femmes jusqu'à un excès proprement farcesque qui inverse les valeurs : « J'aimerais mieux une laide bien sotte / Qu'une femme fort belle avec beaucoup d'esprit. »

Enfin, Molière a ajouté aux *Femmes savantes* deux personnages incarnant la mesure et s'opposant aux types contradictoires excessifs de la farce. Henriette, tout d'abord, dont *Les Précieuses ridicules* n'offrent pas d'équivalent (le personnage vient d'ailleurs plutôt du schéma actanciel de *Tartuffe*), figure une vertu féminine caractérisée par sa modération. Ce ne sont pas le savoir ou la connaissance qu'elle refuse, mais l'excès, et cela au nom de l'équilibre naturel. Quant à Clitandre, « homme illustre » selon l'étymologie de son nom, il paraît le type achevé de l'« honnête homme » selon l'idéal des salons, notamment en amour, puisqu'il fait figure d'amant parfait, raisonnable, soumis en même temps que tendre, comme le montre sa confrontation avec Henriette et Armande à la scène 2 de l'acte I.

2. « *Achever la comédie* » : *l'influence de Tartuffe*

Le précédent constitué par *Les Précieuses ridicules* permettait tout au plus à Molière de définir quelques « scènes à faire », dont la littérature de son époque lui donnait plusieurs exemples, et dont il s'est probablement acquitté en premier. La dimension satirique des *Femmes savantes* rend obligatoires de telles scènes, propres à mettre en évidence les travers des « femmes savantes » comme ceux des pédants. Il restait malgré tout à Molière à nourrir une comédie en cinq actes d'autre chose que de tableaux de caractères et d'un ridicule pédantesque aussi facile à épuiser que celui de la prétention au bel esprit des précieuses.

Il est probable que le succès contemporain de *Tartuffe*, qui revient à la scène en 1669 après avoir été interdit pendant cinq ans, explique le choix de Molière d'un schéma d'intrigue très similaire et qui peut se résumer de la façon suivante : l'ordre vertueux d'une maisonnée est menacé par les visées d'un dangereux parasite sur la fille de la maison. Le pédant a remplacé le faux dévot, mais les motivations ainsi que les moyens sont les mêmes : le mariage (avec Henriette comme avec Marianne), l'argent et l'emprise exercée par le parasite sur l'un des membres du couple bourgeois (Philaminte, après Orgon). L'importance accordée au dangereux protagoniste de la pièce, cible de la satire, est mise en évidence par le nom d'usage de la pièce. Celle-ci, connue aujourd'hui sous le titre *Les Femmes savantes*, était souvent désignée sous celui de *Trissotin*, si l'on en croit l'inscription qui figure sur le registre de La Grange, l'un des principaux comédiens et régisseur de la troupe de Molière, ou les commentaires qu'en font plusieurs auteurs de l'époque.

Une observation de la structure de la pièce et une comparaison avec *Tartuffe* laissent ainsi apercevoir comment Molière a « tissé » sur un canevas, en cinq actes, connu un certain nombre de scènes comiques. L'acte I est consacré en entier à des peintures de caractères et à l'annonce d'un projet de mariage en apparence sans obstacles. L'acte II confirme les épousailles au cours de huit scènes, et n'introduit qu'à la dernière le projet contraire de Philaminte, ouvrant ainsi la menace du parasite. De façon très significative, Trissotin (tout comme Tartuffe) n'apparaît qu'à l'acte III, non en tant que menace pour un mariage, mais en tant que pédant face à Philaminte et Armande. L'acte IV, contrairement à *Tartuffe*, est l'un des moins fournis et se résume à une série d'oppositions qui n'ont pour fonction que d'accélérer la menace du mariage, déjà prévu à l'acte III. L'acte V est consacré à la révélation du pédant parasite, laquelle survient comme pour Tartuffe sur le mode du *deus ex machina,* non sans avoir auparavant permis une scène de quadrille comique lorsque le notaire se voit proposer deux époux différents.

On comprend donc ce qui a pu guider la création dramatique dans le cas des *Femmes savantes* : utilisant des thèmes alors en vogue, Molière a eu recours à une structure dramatique déjà éprouvée dans *Tartuffe*, et à laquelle son sujet s'adaptait. Mais, en voulant faire une comédie en cinq actes et en vers, il a également manifesté le désir d'être plus qu'un simple « farceur » et de hausser la comédie au niveau de la tragédie.

Groupement de textes

Figures de pédants

SI LA PLUPART DE SES CARACTÉRISTIQUES sont déjà présentes dans la palette des ridicules qui constituait le *magister* de farce médiévale, c'est cependant dans la comédie italienne, au XVIe siècle, que le pédant fait son apparition, souvent sous les traits du *dottore*, ridicule et lâche. Il prend toute son importance dans la littérature du XVIIe siècle dans la mesure où c'est à cette époque que se définit un savoir moderne opposé aux références de l'Antiquité. Le pédant est une autorité déchue. Son savoir a pu valoir, en d'autres lieux ou d'autres temps. C'est désormais son inadaptation au monde qui l'entoure, sa prétention à régir les comportements, son hypocrisie ou son incapacité à maîtriser ses connaissances qui sont les causes de sa déchéance. Ignorant des progrès de la science, étalant un savoir inutile car dépassé, le pédant, c'est une constante, fait utilisation du latin, d'archaïsmes ou parfois de néologismes : l'essentiel est de n'être pas actuel. Créature vide, entièrement constituée de logorrhée, le pédant est, à l'image du parasite, celui qui se paie de mots, qui convoite et profite. Son langage est un écran qui obscurcit et craint d'être éclairci. Enfin, le pédant est un asocial. Il monologue volontiers puisque le dialogue signifie pour lui la menace d'être remis en cause. De fait, ce n'est pas le savoir qui disqualifie le pédant, mais son incapacité à transmettre ou à échanger le savoir, son inaptitude à inscrire ce qu'il sait dans un système d'échanges.

Que recouvre son masque ? Que visent les auteurs à travers les personnages de pédants ? Est-ce un type singulier de corruption morale ? Ou bien le symptôme plus généralisé d'une perversion du savoir et des valeurs ?

Jean de LA FONTAINE (1621-1695)
« L'Écolier, le Pédant, et le Maître d'un jardin »
Fables, Livre IX (1678)

(Folioplus classiques, n° 34)

Dans cette fable, La Fontaine met en scène le saccage du jardin de Nature par des écoliers soumis à l'aride pensée d'un Pédant : une parabole qui montre comment le savoir éloigne l'homme de la nature et qui jette le discrédit sur l'éducation des collèges.

Certain enfant qui sentait son collège,
Doublement sot et doublement fripon,
Par le jeune âge, et par le privilège
Qu'ont les Pédants de gâter la raison,
Chez un voisin dérobait, ce dit-on,
Et fleurs et fruits. Ce voisin, en automne,
Des plus beaux dons que nous offre Pomone
Avait la fleur, les autres le rebut.
Chaque saison apportait son tribut :
Car au printemps il jouissait encore
Des plus beaux dons que nous présente Flore.
Un jour dans son jardin il vit notre Écolier
Qui grimpant sans égard sur un arbre fruitier,

Gâtait jusqu'aux boutons, douce et grêle espérance,
Avant-coureurs des biens que promet l'abondance.
Même il ébranchait l'arbre, et fit tant à la fin
Que le possesseur du jardin
Envoya faire plainte au Maître de la classe.
Celui-ci vint suivi d'un cortège d'enfants.
Voilà le verger plein de gens
Pires que le premier. Le Pédant, de sa grâce,
Accrut le mal en amenant
Cette jeunesse mal instruite :
Le tout, à ce qu'il dit, pour faire un châtiment
Qui pût servir d'exemple, et dont toute sa suite
Se souvînt à jamais comme d'une leçon.
Là-dessus il cita Virgile et Cicéron,
Avec force traits de sciences.
Son discours dura tant que la maudite engeance
Eut le temps de gâter en cent lieux le jardin.
Je hais les pièces d'éloquence
Hors de leur place, et qui n'ont point de fin ;
Et ne sait au monde pire
Que l'Écolier, si ce n'est le Pédant.
Le meilleur de ces deux pour voisin, à vrai dire,
Ne me plairait aucunement.

Jean de LA BRUYÈRE (1645-1696)

Les Caractères (1688)

(Folioplus classiques n° 24)

La figure du pédant, sans être visible nulle part, est présente partout dans Les Caractères *de La Bruyère, œuvre d'un moraliste soucieux de démasquer les êtres cachés sous les comportements. La partie intitulée «De la société et de la conversation» livre même l'une des clefs du pédantisme : «C'est la profonde ignorance qui inspire le ton dogmatique. Celui qui ne sait rien croit enseigner aux autres ce qu'il vient d'apprendre lui-même. Celui qui sait beaucoup pense à peine que ce qu'il dit puisse être ignoré et parle plus indifféremment.»*

Aux côtés d'Hermagoras, pédant au savoir désuet, de Cydias, bel esprit « composé du pédant et du précieux », on trouve ici le pédant Arrias.

Arrias a tout lu, a tout vu, il veut le persuader ainsi ; c'est un homme universel, et il se donne pour tel : il aime mieux mentir que de se taire ou de paraître ignorer quelque chose. On parle à la table d'un grand d'une cour du Nord : il prend la parole, et l'ôte à ceux qui allaient dire ce qu'ils en savent ; il s'oriente dans cette région lointaine comme s'il en était originaire ; il discourt des mœurs de cette cour, des femmes du pays, de ses lois et de ses coutumes ; il récite des historiettes qui y sont arrivées ; il les trouve plaisantes, et il en rit le premier jusqu'à éclater. Quelqu'un se hasarde de le contredire, et lui prouve nettement qu'il dit des choses qui ne sont pas vraies. Arrias ne se trouble point, prend feu au contraire contre l'interrupteur : « Je n'avance, lui dit-il, je ne raconte rien que je ne sache d'original : je l'ai appris de Sethon, ambassadeur de France dans cette cour, revenu à Paris depuis quelques jours, que je connais familièrement, que j'ai fort interrogé, et qui ne m'a caché aucune circonstance. » Il reprenait le fil de sa narration avec plus de confiance qu'il ne l'avait commencée, lorsque l'un des conviés lui dit : « C'est Sethon à qui vous parlez, lui-même, et qui arrive de son ambassade. »

Savinien CYRANO DE BERGERAC (1619-1655)
Le Pédant joué (1654)

Le personnage de Granger résume à lui seul bien des traits satiriques du pédant de la farce : principal de collège, parlant latin, c'est aussi un barbon avide et un séducteur ridicule, dont le registre volontiers grotesque trahit la nature triviale. Il est même, au cours de la pièce, en rivalité avec son fils Charlot pour s'attirer les grâces de Genevote. Dans cet extrait, Granger se propose de séduire la jeune fille à sa manière.

GRANGER : Soyez de même que le Lion qui se laisse fléchir par les larmes, je serai de même qu'Héraclite à force de pleurer. Soyez tout ainsi que le Naphte auprès du feu, et je serai tout ainsi que le mont Etna qui ne saurait s'éteindre. Soyez ni plus ni moins que le bon terroir, qui rend ce qu'on lui prête, et je ferai ni plus ni moins que Triptolème à vous ensemencer. Soyez ainsi que les Abeilles, qui changent en miel les fleurs, et les fleurs de ma rhétorique, ainsi que celle d'Attique se chargeront de manne [...]

GENEVOTE : Vraiment, Monsieur, quoique vous soyez incomparable, vous n'êtes pas un homme sans comparaison.

GRANGER : Ce n'est pas par la Métaphore seule, pain quotidien des *Scholares*, que je prétends capter votre bénévolence : voyons si mes arguments trouveront forme à votre pied [...] et pour en descendre aux preuves, j'argumente ainsi. Du Monde, la plus belle partie, c'est Europe. La plus belle partie de l'Europe, c'est la France, *secundum Geographos*. La plus belle Ville de France, c'est Paris. Le plus beau Quartier de Paris, c'est l'Université, *propter musus*. Le plus beau Collège de l'Université, je soutiens à la barbe de Sorbonne, de Naver et d'Harcourt, que c'est Beauvais, et son nom est le répondant de sa beauté, puisqu'on le nomma Beauvais, *quasi* beau à voir. La plus belle chambre de Beauvais, c'est la mienne. *Atqui*, le plus beau de ma chambre, c'est moi. *Ergo*, je suis le plus beau du monde. Et *hinc infero*, que vous, pucelette mignardelette, mignardelette pucelette, étant encore plus belle que moi, il serait je dis, *selo ipso clarius*, que vous incorporant au Corps de l'Université, en vous incorporant au mien, vous seriez plus belle que le plus beau du monde.

(Acte III, scène 2)

Charles SOREL (entre 1582 et 1602-1674)

Histoire comique de Francion (1623)

(Folio classique n° 2806)

> *Au cours de son parcours, Francion, gentilhomme, raconte les « aventures Scholastiques » de sa jeunesse qui l'ont conduit à recevoir les leçons d'un régent de collège. Roman satirique, l'*Histoire comique de Francion *fait du pédantisme de collège un passage obligé et dénonce de l'intérieur une éducation où l'enseignement se résume à l'imitation des auteurs et à l'enseignement de la grammaire latine.*

Ne vous étonnez point si j'aimais mieux lire que d'écouter mon régent ; car c'était le plus grand âne qui jamais monta en chaire. Il ne nous contait que des sornettes, et nous faisait employer notre temps en beaucoup de choses inutiles, nous commandant de prendre mille grimauderies les plus pédantesques du monde. Nous disputions fort et ferme pour les places, et nous nous demandions des questions l'un à l'autre, mais quelles questions pensez-vous ? Quelle est l'étymologie de Lima ? Et il fallait répondre que ce mot se dit : *Quasi luce lucens aliena*, comme qui dirait, en français, que chemise se dit *Quasi sur chair mise* : n'est-ce pas là une belle doctrine pour abreuver une jeune âme ? Cependant nous passions les journées sur de semblables badineries, et celui qui répondait le mieux là-dessus portait la qualité d'Empereur. Quelquefois ce sot pédant nous donnait des vers à faire, et endurait que nous en prissions de tout entiers de Virgile, pour le mieux imiter, et que nous nous servissions encore, pour parfaire les autres, de certains bouquins, comme de Parnasse et de Textor. S'il nous donnait à composer en prose, nous nous aidions tout de même de quelques livres de pareille étoffe, dont nous tirions toutes sortes de pièces pour en faire une capilotade à la pédantesque : cela n'était-il pas bien propre à former notre esprit et ouvrir notre jugement ? Quelle vilenie de voir qu'il n'y a plus quasi que des barbares dans les Universités pour enseigner la jeunesse ! Ne devraient-ils pas considérer qu'il faut de bonne heure apprendre aux enfants à inventer quelque chose d'eux-mêmes, non pas les renvoyer à des recueils à quoi ils s'attendent et s'engourdissent ?

VOLTAIRE (1694-1778)

Candide ou l'Optimisme (1759)

(Folioplus classiques n° 7)

Le dernier chapitre de son célèbre conte philosophique Candide ou l'Optimisme *permet à Voltaire d'évoquer, non sans ironie, le résultat moral auquel parviennent les héros au terme de leurs aventures. À Constantinople, Candide, Cunégonde, Cacambo et le pédant philosophe Pangloss rencontrent un Turc qui vit modestement avec sa famille à l'abri des affaires du monde, en cultivant les fruits de son jardin. La simplicité de ce bonheur frappe l'imagination de Candide et de ses compagnons. Tandis qu'une sagesse faite de modération se dessine comme seul horizon possible, le pédant Pangloss, symbole d'un optimisme dogmatique que Voltaire prête à Leibniz, est le seul à n'avoir retenu aucune leçon du conte.*

Candide, en retournant dans sa métairie, fit de profondes réflexions sur le discours du Turc. Il dit à Pangloss et à Martin : «Ce bon vieillard me paraît s'être fait un sort bien préférable à celui des six rois avec qui nous avons eu l'honneur de souper.

— Les grandeurs, dit Pangloss, sont fort dangereuses, selon le rapport de tous les philosophes : car enfin Églon, roi des Moabites, fut assassiné par Aod ; Absalon fut pendu par les cheveux et percé de trois dards ; le roi Nadab, fils de Jéroboam, fut tué par Baaza ; le roi Éla, par Zambri ; Ochosias, par Jéhu ; Athalia, par Joïada ; les rois Joachim, Jéchonias, Sédécias, furent esclaves. Vous savez comment périrent Crésus, Astyage,

Darius, Denys de Syracuse, Pyrrhus, Persée, Annibal, Jugurtha, Arioviste, César, Pompée, Néron, Othon, Vitellius, Domitien, Richard II d'Angleterre, Édouard II, Henri VI, Richard III, Marie Stuart, Charles Ier, les trois Henri de France, l'empereur Henri IV ? Vous savez…

— Je sais aussi, dit Candide, qu'il faut cultiver notre jardin.

— Vous avez raison, dit Pangloss : car, quand l'homme fut mis dans le jardin d'Éden, il y fut mis *ut operaretur eum*, pour qu'il travaillât, ce qui prouve que l'homme n'est pas né pour le repos.

— Travaillons sans raisonner, dit Martin ; c'est le seul moyen de rendre la vie supportable. »

Toute la petite société entra dans ce louable dessein ; chacun se mit à exercer ses talents. La petite terre rapporta beaucoup. Cunégonde était à la vérité bien laide ; mais elle devint une excellente pâtissière ; Paquette broda ; la vieille eut soin du linge. Il n'y eut pas jusqu'à frère Giroflée qui ne rendît service ; il fut un très bon menuisier, et même devint honnête homme ; et Pangloss disait quelquefois à Candide : « Tous les événements sont enchaînés dans le meilleur des mondes possibles ; car enfin, si vous n'aviez pas été chassé d'un beau château à grands coups de pied dans le derrière pour l'amour de Mlle Cunégonde, si vous n'aviez pas été mis à l'Inquisition, si vous n'aviez pas couru l'Amérique à pied, si vous n'aviez pas donné un bon coup d'épée au baron, si vous n'aviez pas perdu tous vos moutons du bon pays d'Eldorado, vous ne mangeriez pas ici des cédrats confits et des pistaches.

— Cela est bien dit, répondit Candide, mais il faut cultiver notre jardin. »

Gustave FLAUBERT (1821-1880)

Madame Bovary (1857)

(Folioplus classiques n° 33)

Dans Madame Bovary, *le type caricatural du pédant s'estompe pour donner corps à un personnage réaliste. Le pharmacien Homais, sommité d'Yonville, dénonce sous le masque du pédant la médiocrité matérialiste de l'époque, ses certitudes scientistes et son conformisme provincial. Cible de l'ironie satirique du romancier, il incarne également celle du roman, puisque la dernière phrase du narrateur le montre décoré de la Légion d'honneur.*

Du reste, disait l'apothicaire, l'exercice de la médecine n'est pas fort pénible en nos contrées ; car l'état de nos routes permet l'usage du cabriolet, et, généralement, l'on paye assez bien, les cultivateurs étant aisés. Nous avons, sous le rapport médical, à part les cas ordinaires d'entérite, bronchite, affections bilieuses, etc. de temps à autre quelques fièvres intermittentes à la moisson, mais, en somme, peu de choses graves, rien de spécial à noter, si ce n'est beaucoup d'humeurs froides, et qui tiennent sans doute aux déplorables conditions hygiéniques de nos logements de paysans. […] Le climat, pourtant, n'est point, à vrai dire, mauvais, et même nous comptons dans la commune quelques nonagénaires. Le thermomètre, (j'en ai fait les observations) descend en hiver jusqu'à quatre degrés, et, dans la forte saison, touche vingt-cinq, trente centigrades tout au plus, ce qui nous donne vingt-quatre Réaumur au maximum, ou autrement cinquante-quatre Fahrenheit (mesure anglaise), pas davantage ! Et, en effet, nous sommes abrités des vents du nord par la forêt d'Argueil d'une part, des vents d'ouest par la côte Saint-Jean de l'autre ; et cette chaleur, cependant, qui à cause de la vapeur d'eau dégagée par la rivière et la présence considérable de bestiaux dans les prairies, lesquels exhalent, comme vous savez, beaucoup d'ammoniaque, c'est-à-dire azote, hydrogène et oxygène (non, azote et hydrogène seulement), et qui, pompant à elle l'humus de la terre, confondant toutes ces émanations différentes, les réunissant en un faisceau, pour ainsi dire, et se combinant de soi-même avec l'électricité répandue dans l'atmosphère, lorsqu'il y en a, pourrait à la longue, comme dans les pays tropicaux, engendrer des miasmes insalubres, cette chaleur, dis-je, se trouve justement tempérée du côté où elle vient, ou plutôt d'où elle viendrait, c'est-à-dire du côté sud, par les vents de sud-est, lesquels, s'étant rafraîchis d'eux-mêmes en passant sur la Seine, nous amènent quelquefois tout d'un coup, comme des brises de Russie !

— Avez-vous du moins quelques promenades dans les environs ? continuait madame Bovary parlant au jeune homme.

(Deuxième partie, chapitre I)

Paul CLAUDEL (1868-1955)

Le Soulier de satin (1929)

(Folio théâtre n° 41)

Œuvre monumentale de plus de onze heures, Le Soulier de satin *raconte les amours malheureuses entre les amants Doña Prouhèze et Don Rodrigue pendant une durée de plus de vingt années. Réalisant un mélange des genres, où le drame lyrique côtoie la farce, elle convoque aussi l'esthétique du théâtre du Siècle d'or espagnol et sa conception d'un monde gouverné par l'illusion. Dans cet extrait, Paul Claudel ressuscite avec humour et poésie le type traditionnel des pédants d'Académie que le théâtre a depuis longtemps oublié.*

« En mer. (…) Le fond de la scène est formé par une carte bleue et quadrillée de lignes indiquant les longitudes et les latitudes.

Don Fernand, Don Léopold Auguste. Tous les deux en vêtements noirs, petits mantelets, petites fraises et grands cha-

peaux pointus. Ils sont accoudés à la rambarde et regardent la mer. »

DON FERNAND : La mer est toute parsemée de petites îles dont chacune est décorée d'un plumet blanc.

DON LÉOPOLD AUGUSTE : Nous sommes tombés, paraît-il, au milieu d'une migration de baleines. Baleines, m'a dit le commandant, est le terme vulgaire dont on désigne ces animaux, — *cetus magna.* Leur tête qui est comme une montagne creuse toute remplie de sperme liquide montre dans le coin de la mâchoire un petit œil pas plus gros qu'un bouton de gilet et le pertuis de l'oreille est si étroit qu'on n'y fourrerait pas un crayon. Vous trouvez ça convenable ? C'est simplement révoltant ! J'appelle ça de la bouffonnerie ! Et penser que la nature est toute remplie de ces choses absurdes, révoltantes, exagérées ! Nul bon sens ! nul sentiment de la proportion, de la mesure et de l'honnêteté ! On ne sait où mettre les yeux.

DON FERNAND : Et tenez ! En voici une qui s'est mise tout debout comme une tour et qui d'un tour de queue pivote pour embrasser l'horizon. Ce n'est pas plus difficile que ça ! [...] Dieu me pardonne ! Je vois un de ces monstres qui s'est mis sur le flanc et un baleineau qui s'est accroché à son pis. Comme une île qui se consacrerait à l'exploitation d'une montagne !

DON LÉOPOLD AUGUSTE : Révoltant ! Dégoûtant ! Scandaleux ! Là, là, sous mes yeux un poisson qui tète !

DON FERNAND : C'est un grand mérite à Votre Magnificence que de vous exposer à toutes ces rencontres incongrues, quittant cette chaire sublime à Salamanque d'où vous faisiez la loi à tout un peuple d'étudiants.

DON LÉOPOLD AUGUSTE : C'est l'amour de la grammaire, Monsieur, qui m'a comme ravi et transporté ! « Mais peut-on aimer trop la grammaire ? » dit Quintilien.

DON FERNAND : Quintilien dit ça ?

DON LÉOPOLD AUGUSTE : Chère grammaire, belle grammaire, délicieuse grammaire, fille, épouse, mère, maîtresse et gagne-pain des professeurs ! Tous les jours je

te trouve des charmes nouveaux ! Il n'y a rien dont je
ne sois capable pour toi ! La volonté de tous les éco-
lâtres d'Espagne m'a porté ! Le scandale était trop
grand ! Je me suis jeté aux pieds du Roi. Qu'est-ce qui
se passe là-bas ? qu'est-ce qui arrive au castillan ? Tous
ces soldats à la brigande lâchés tout nus dans ce détes-
table Nouveau-Monde, est-ce qu'ils vont nous faire une
langue à leur usage et commodité sans l'aveu de ceux
qui ont reçu patente et privilège de fournir à tout
jamais les moyens d'expression ? Une langue sans professeurs, c'est comme une justice sans juge, comme un
contrat sans notaire ! Une licence épouvantable ! On
m'a donné à lire leurs copies, je veux dire leurs mémoires,
dépêches, relations comme ils disent. Je n'arrêtais pas
de marquer des fautes ! Les plus nobles mots de notre
idiome employés à des usages autant nouveaux que
grossiers ! Ces vocables qu'on ne trouve dans aucun
lexique, est-ce du toupi ? de l'aztèque ? de l'argot de
banquier ou de militaire ? Et qui s'exhibent partout
sans pudeur comme des Caraïbes emplumés au milieu
de notre jury d'agrégation ! Et cette manière de joindre
les idées : la syntaxe pour les réunir a combiné maint
noble détour qui leur permet peu à peu de se rap-
procher et de faire connaissance. Mais ces méchants
poussent tout droit devant eux et quand ils ne peuvent
plus passer, ils sautent ! Vous trouvez que c'est permis ?
Le noble jardin de notre langage est en train de devenir
un parc à brebis, un champ de foire, on le piétine dans
tous les sens. Ils disent que c'est plus commode. Commode ! Commode ! Ils n'ont que ce mot-là à la bouche,
ils verront le zéro que je vais leur flanquer pour leur
commode !

1.

Du « tapissier ordinaire de la maison du roi » au choix d'une vie de théâtre (1622-1658)

1. *L'enfance d'un futur artisan tapissier*

Aîné d'une fratrie de quatre enfants, Jean-Baptiste Poquelin naît en janvier 1622 à Paris, au coin de la rue Saint-Honoré dans une maison appelée « le pavillon des singes », nom que lui valent ses poteaux sculptés. Son père, Jean Poquelin, est artisan tapissier, proposant un produit luxueux que les nobles et bourgeois fortunés apprécient tout particulièrement et qui place la famille Poquelin parmi la bourgeoisie aisée parisienne, surtout depuis que Jean Poquelin a acheté en 1631 un office de « tapissier ordinaire de la maison du Roi ». Cette haute charge est transmissible : elle doit donc revenir à Molière, en tant que fils aîné. En attendant d'embrasser cette carrière toute tracée, Jean-Baptiste fait ses études au prestigieux collège jésuite de Clermont (l'actuel lycée Louis-le-Grand à Paris). Il y fréquente les fils de la noblesse et rencontre peut-être Chapelle et Savinien Cyrano de

Bergerac, deux futures figures du libertinage intellectuel qui suivent alors les leçons de Gassendi. Exalté par les premières découvertes théâtrales qu'il fait en compagnie de son grand-père à l'Hôtel de Bourgogne (où l'on joue surtout de la farce) et par les succès d'un jeune auteur, Corneille, le futur Molière délaisse rapidement le chemin envisagé par son père. La carrière d'avocat ne le retiendra pas davantage : inscrit six mois au barreau, il abandonne ces projets de vie confortable et opte pour le théâtre.

2. *Les débuts difficiles d'un bourgeois comédien*

En 1643, Jean-Baptiste renonce à la charge de tapissier au profit de son frère cadet. Sa rencontre déterminante avec les Béjart, une famille de comédiens, conforte son désir de s'accomplir dans le théâtre. Associé à Madeleine, à son frère Louis et à sa sœur Geneviève ainsi qu'à sept autres comédiens, il fonde la troupe de l'Illustre-Théâtre, placée sous la protection du frère du roi, Gaston d'Orléans. En 1644, Jean-Baptiste Poquelin disparaît au profit de «Molière», l'énigmatique pseudonyme du comédien. La troupe investit la salle du jeu de paume des Métayers, à Paris, où elle représente des tragédies et des tragi-comédies d'auteurs en vogue. Afin de conquérir un public d'élite, la troupe s'est lancée dans des frais exceptionnels : costumes luxueux, musicien et danseur de corde, à tel point qu'en 1645 les dettes rapidement contractées conduisent le jeune homme de vingt-deux ans, responsable financier, tout droit à la prison du Châtelet. Il en sort quelques jours plus tard, mais l'Illustre-Théâtre est en faillite. Malgré ses débuts prometteurs, la troupe se disperse. Commence alors pour Molière une existence de comédien itinérant.

3. *La reconnaissance de Molière en province*

En septembre 1645, Molière et Madeleine Béjart s'engagent dans la troupe de Charles Dufresne, qui bénéficie du soutien du duc d'Épernon, gouverneur de Guyenne (sud-ouest de la France). Elle y donne surtout des spectacles privés devant des aristocrates de province et rencontre ainsi un certain succès. Dans les années 1650, Molière, chef incontesté de la troupe, trouve un nouveau soutien en la personne du prince de Conti. Sous sa protection, les comédiens prennent le nom de « Troupe de Monseigneur le prince de Conti ». Mais, en 1657, le prince leur ôte son soutien suite à une conversion religieuse qui le détourne définitivement du théâtre. Ce revers de fortune n'affecte pas la destinée de la compagnie, déjà largement reconnue grâce à des créations signées de la plume de Molière : en 1655, il a fait représenter *L'Étourdi* à Lyon puis, un an plus tard, *Le Dépit amoureux* à Béziers. À la fois auteur, chef de troupe et comédien (ce qui lui vaut deux parts de bénéfices tandis que le reste de la troupe n'en touche qu'une par personne), Molière est maintenant un homme de théâtre accompli.

1606	Naissance de Corneille.
1610	Mort d'Henri IV.
1623	Naissance de Pascal.
1624	Parution des *Lettres* de Louis Guez de Balzac.
1630	*Quatre dialogues* de La Mothe le Vayer.
1633	Abjuration de Galilée.
1635	Fondation de l'Académie française par Richelieu.
1637	*Le Cid* de Corneille. *Le Discours de la méthode* de Descartes.

1638   Naissance de Louis XIV.
1643   Mort de Louis XIII, régence d'Anne d'Autriche
       et ministère de Mazarin.
1644   *Rodogune* de Corneille.
1649-1653   *Artamène ou le Grand Cyrus* de Madeleine
       de Scudéry.
1648-1653   La Fronde : période d'instabilité politique.
1651-1657   *Le Roman comique* de Paul Scarron.
1656   *Les Provinciales* de Pascal.

2.

La décennie triomphale
d'un auteur de cour (1658-1668)

1. *Molière entre à la Cour*

En 1658, la troupe obtient le soutien du frère du
roi, le duc d'Orléans qui l'invite à se produire devant
Louis XIV. Le 24 octobre, Molière représente donc à
Versailles une tragédie de Corneille, *Nicomède*. La pièce
est précédée, comme le veut la tradition, d'un « court
divertissement » : *Le Docteur amoureux* de Molière. Cette
farce en un seul acte plaît au roi qui offre à son auteur
l'utilisation de la salle du Petit-Bourbon en alternance
avec les Comédiens-Italiens. La troupe (Molière, Joseph
et Louis Béjart, Dufresne, De Brie, Du Parc, Madeleine
et Geneviève Béjart, Catherine De Brie, et Marquise du
Parc) ajoute rapidement de nouvelles pièces à son
répertoire. Elle joue devant le roi des farces, notamment
Le Médecin volant et *La Jalousie du Barbouillé*. Mais ce sont
Les Précieuses ridicules qui offriront à Molière son premier
grand succès en 1659. Cette courte farce dépeignant les

ridicules de deux provinciales voulant se hausser au niveau des salons mondains et devenant la risée de deux valets frappe le public par la connivence de son humour et le talent scénique des interprètes, directement inspirés par les Comédiens-Italiens. Avec *Sganarelle ou le Cocu imaginaire*, un an plus tard, tout comme avec *L'École des maris*, qui comporte trois actes, Molière confirme ce talent qui lui est propre pour brosser des comédies « sur les matières du temps » (Donneau de Visé). Tandis que la troupe déménage dans la salle du Palais-Royal, Molière poursuit son exploration des possibilités offertes par la comédie et offre à Fouquet, en 1661, sa première comédie-ballet *Les Fâcheux*, un genre mêlé de musique et de danse dans lequel il triomphera jusqu'à la fin de sa carrière.

2. L'humoriste de la société mondaine sous le feu des critiques

Molière est désormais invité à la Cour. Tout auréolé de succès, il épouse en février 1662 la jeune Armande Béjart, de vingt ans sa cadette. L'union fait scandale : on prétend qu'il s'agirait de la fille de Madeleine Béjart… éventuellement de Molière lui-même ! Peut-être inspiré par leur différence d'âge et l'émoi que cela suscite, Molière crée, la même année, *L'École des femmes*, la première de ses « grandes comédies » en cinq actes, où un vieil homme, Arnolphe, souhaite épouser sa jeune pupille, Agnès… Si cette satire de mœurs triomphe, les critiques ne tardent pas : on reproche à Molière de mettre à mal les sacrements du mariage. « Mille jaloux esprits », selon Boileau, parmi lesquels il faut compter un Corneille vieillissant et quelques jeunes acteurs ambitieux, organisent une fronde contre Molière. En réponse à ces attaques, Molière écrit *La Critique de l'École des Femmes* et insiste sur ce qui lui importe le plus : plaire au public plutôt qu'à une poignée de doctes ou de dévots.

3. *Les scandales de* Tartuffe *et* Dom Juan

Si la représentation de *Tartuffe*, en 1664, est applaudie par le roi, la pièce n'en est pas moins aussitôt interdite, pendant plus de cinq ans. C'est que Molière, en s'attaquant aux dévots hypocrites, a heurté les sentiments chrétiens de dévots réels, en particulier de la confrérie du Saint-Sacrement dont fait désormais partie le prince de Conti, son ancien protecteur. Accusé d'impiété et de libertinage, la troupe de Molière n'en devient pas moins la « Troupe du roi » en 1665. Créé cette même année, *Dom Juan* se heurte également au scandale, malgré un excellent accueil. Une fois de plus, les pressions l'emportent sur le succès : sans être officiellement interdite, la pièce, taxée d'athéisme, ne survivra pas à la quinzième représentation. Molière a beau plaider dans ses préfaces pour ses comédies, insistant sur sa volonté de corriger les mœurs par le rire, les trois années qui suivent sont marquées par les rendez-vous manqués avec son public. Avec *Le Misanthrope* (1666), *Georges Dandin* (1668) et *L'Avare* (1668), Molière ne connaît plus les incroyables succès des années précédentes. Il faudra attendre 1669 et le retour à la scène d'un *Tartuffe* en cinq actes un peu édulcoré, mais autorisé par le roi, pour que Molière revienne en grâce.

3.

Le crépuscule d'un homme de théâtre au sommet de sa gloire (1668-1673)

1. *Molière, roi du divertissement*

Depuis le demi-échec de *L'Avare* en 1668, Molière décide de se consacrer principalement aux comédies-ballets et aux fêtes de la Cour. Il est nommé le grand ordonnateur des divertissements royaux. L'homme des farces et des grandes comédies devient celui de spectacles tourbillonnants où se mêlent musique, danse et grande machinerie. Ainsi naissent successivement *Monsieur de Pourceaugnac* (1669), *Les Amants magnifiques* et *Le Bourgeois gentilhomme* (1670). Le triomphe revient donc au son de la nouveauté. C'est avec *Psyché*, tragédie-ballet « à machines » qu'il remporte son plus grand succès au

Palais des Tuileries, en 1671. Ce spectacle exceptionnel dans sa démesure convoque sur scène des dizaines de figurants, treize chanteurs solistes, un grand chœur, plus de cent instrumentistes et soixante-dix danseurs. La même année, Molière renoue avec le genre de la farce et joue sa vingt-septième pièce : *Les Fourberies de Scapin*. En 1672, désireux de retrouver le succès comique de la décennie précédente, il crée *Les Femmes savantes*, treize ans après *Les Précieuses ridicules*. Quoique appréciée, cette comédie en cinq actes et en vers ne sera jouée que onze fois.

2. *Les difficiles dernières années*

À partir du milieu des années 1660, les épreuves se succèdent dans la vie privée de Molière. Les infidélités d'Armande, la mort de Madeleine Béjart, en 1672, sont suivies d'une brouille avec Lulli, son collaborateur de toujours. Porté par la faveur du roi, ce dernier crée l'Académie de musique et se voit octroyer le privilège de toutes les pièces chantées, tandis qu'on interdit à toutes les troupes d'engager plus de douze musiciens et de six chanteurs. Outre ses difficultés, Molière doit composer avec une douloureuse compagnie : depuis 1665, la maladie ne lui laisse guère de répit. En 1673, *Le Malade imaginaire*, son œuvre ultime, lui arrache son dernier souffle lors de la quatrième représentation. Dans le rôle d'Argan, cet hypocondriaque incurable, Molière qui, lui, ne feint pas la quinte de toux quitte la scène et s'éteint quelques heures plus tard, probablement de la tuberculose. Mort sans renier sa condition de comédien comme l'exigeaient à l'époque les autorités religieuses, il n'a pas le droit à un enterrement religieux, et il faudra un privilège accordé par l'archevêque de Paris pour autoriser une discrète cérémonie nocturne au cimetière Saint-Joseph, sur le terrain réservé aux enfants n'ayant pas reçu de baptême. Huit cents personnes, dont Boileau et Chapelle, assistent aux funérailles de celui qu'on appelle déjà « *le Térence et le Plaute de notre siècle* » (Chapelain).

1670   *Les Pensées*, de Pascal.

1672-1678   Guerre de Hollande.

1673   *Mithridate*, de Jean Racine.

1674   *Réflexions sur la poétique d'Aristote*, du père Rapin. Boileau fait paraître son *Art poétique* et sa traduction du *Traité du sublime*. *Suréna*, dernière tragédie de Corneille. Première édition collective des œuvres de Molière chez Barbin.

1675-1676   Première édition collective des *Œuvres* de Racine.

1678   *La Princesse de Clèves*, de Mme de Lafayette.

1680   Création de la Comédie-Française.

1684   Mort de Corneille.

1694   Première parution du *Dictionnaire* de l'Académie française. Naissance de Voltaire.

Éléments pour une fiche de lecture

Regarder le tableau

- Observez le tableau dans son ensemble. Où se situe le spectateur? D'après le titre, quelle scène est-il en train de regarder?
- Quels sont les personnages représentés? Décrivez leurs costumes, les objets qu'ils tiennent et déduisez-en leurs fonctions respectives. Quels personnages de la pièce de Molière peuvent-ils vous évoquer?
- Analysez les différents plans du tableau: combien y en a-t-il? Montrez également qu'à chacun corres-pond un ou plusieurs objets. Le(s)quel(s)? Que symbolisent ces objets?
- Commentez les éléments qui structurent le tableau, à la fois dans la profondeur, mais également dans son dispositif de mise en scène. Commentez éga-lement les lumières. En quoi peut-on parler de théâ-tralité?

Le jeu des personnages

- Résumez le schéma de la pièce de Molière. Quels personnages dans *Les Femmes savantes* sont en désaccord ? Lesquels partagent au contraire des projets similaires ?

- Montrez que ce dispositif actanciel va plus loin et qu'il recouvre également un ensemble d'intérêts, de valeurs, mais aussi une morale sociale et une philosophie.
- Quels personnages sont les plus proches de types comiques ? Chez lesquels, en revanche, trouve-t-on des caractéristiques individuelles qui les rendent plus singuliers et plus complexes ?

La forme de la comédie classique

- *Les règles :* Montrez comment se place la comédie de Molière par rapport aux règles du théâtre classique : règle des trois unités, mais aussi la règle de vraisemblance et la règle de bienséance.
- *L'exposition :* De combien de vers, de scènes est constituée l'exposition ? Justifiez votre réponse.
- *L'action :* De quoi se constitue l'action principale ? Quel en est l'enjeu, le but ? Montrez à quel acte cette action se heurte à la principale péripétie, et les revirements de cette péripétie dans les actes suivants.
- *Le dénouement :* De quoi se constitue le dénouement ? Comment le qualifier ? En quoi est-il conforme ou non au principe de vraisemblance ?

La comédie moliéresque

- *La farce :* Quels éléments des *Femmes savantes* rappellent encore l'univers de la farce ? Montrez quels personnages les mettent en œuvre, et quelle fonction ces éléments peuvent avoir.
- *Un humour de connivence :* Quels éléments de la pièce

opèrent un humour de connivence, en se référant à l'univers référentiel du public ? Relevez les noms propres, les allusions à la culture mondaine des salons, les idées scientifiques ou philosophiques de l'époque, les proverbes, etc.

- *Une comédie en vers :* Quelles utilisations différentes pouvez-vous distinguer de l'alexandrin ? Relevez à chaque fois un exemple de chacune.

La satire et l'idéal de l'honnête homme

- Dans *Les Femmes savantes,* les deux personnages de pédants sont-ils liés à l'action principale ? Comment ? Le sont-ils au même titre ? Quel rôle Molière leur fait-il également jouer ?
- Philaminte, Armande et Bélise sont-elles égales devant la satire ? En quoi ? Montrez que ces trois personnages fonctionnent sur le modèle d'une dégradation progressive.
- Qui incarne le mieux, dans la pièce de Molière, les valeurs de « l'honnête homme » ? Pourquoi ?

Sujet de réflexion

- Le père Rapin, poète et théologien, trouvait que « le ridicule des femmes savantes n'est pas tout à fait poussé à bout ». Commentez ce jugement en vous appuyant sur des exemples précis.

Collège

Lycée

Série Classiques

Pour plus d'informations,
consultez le catalogue à l'adresse suivante :
http://www.gallimard.fr

Composition Interligne
Impression Novoprint
à Barcelone, le 16 décembre 2011
Dépôt légal : janvier 2012
ISBN : 978-2-07-044567-7 / Imprimé en Espagne

237493